ars vivendi

FITZGERALD KUSZ

DER BESTE KUSZ

DIE SCHÖNSTEN GEDICHTE AUS 50 JAHREN

Mit einem Nachwort von Helmut Haberkamm

ARS VIVENDI

Originalausgabe

1. Auflage September 2024

www.arsvivendi.com
Lektorat: Elmar Tannert
Umschlaggestaltung: Benita Gollwitzer
Typografie und Ausstattung: ars vivendi

FSC
www.fsc.org
MIX
Papier aus verantwortungsvollen Quellen
FSC® C083411

Druck und Bindung: CPI, Leck
Printed in Germany

ISBN 978-3-7472-0629-4

GEDICHTE

horch edz is allers
ganz leis, blouß
di muggn häiersd brummä
und dä wind gäihd
durch di bamm
edz mäimä langsam hamm
bevuäs finsdä werd
sunsd ferchdimi
ganz allaans mid diä
im wald. sooch hald wos
du wos allers bassiän koo
neili houi glesn dou houd
annä liebesboore däschossn
im wald. hobb gemmä
miä is dou einfach zleis –
sooch hald wos

erziehung I

iich soochders im goudn:
hald blouß dei maul
sunsd däschloochi di nu

erziehung II

du moußd
gscheidä saa:
dä klüchere
gibd nouch

erziehung III

wos frissdn su bläid
fress wäi iich

wos redsdn su bläid
red wäi iich

wos schausdn su bläid
schau wäi iich

erziehung IV

kumm rei
du sollsd reikummä
kumm rei
du sollsd reikummä
houi gsachd
kumm rei
ä zweidsmall
soochidäs nimmä
kumm rei
du sollsd reikummä
houi gsachd soochi
ach gäih
kumm hald rei
gäih zou
kumm hald
reikummä sollsd
waddnä wennidä
nauskumm

erziehung V

und ä weng
enn dreeg

zerschd kummä
di laid
und dann
di fresch

und dann kummd
nu lang nix

und dann
kummsd du

erziehung VI

bebbe
lang joo
ned hii
dou derfmä
fei ned
hiilangä
des is
bebbe

erziehung VII

edz is nundägfluung
edz is hii
edz lixdi nu däzou
nou is ä rouh

erziehung VIII

lern wos
nou wersd wos
lern wos
nou hasd wos
lern wos
nou bisd wos
lernsd nix
wersd nix
hasd nix
und
bisd nix:

schaumi doch oo

kultur

dou bassn miä
ned hii

des is wos
fiä di bessän

allmächd

allmächd
also suwos
allmächd
also suwos
gibds doch ned
allmächd
also suwos
moumä gsäing hoom
allmächd
also suwos
naa

wir

miä senn su dumm
dassmä brummä

miä brummä
weilmä uns allers gfalln loun

miä loun uns allers gfalln
weilmä ned weidä wissn

miä senn su bläid
weilmä dennä di debbm machn

miä machn dennä di debbm
weil mä ned wissn

dass andersrum
bessä gäihd

dann hördsi
allers auf

ihr

wos seid denn
iä fiä kerl
saufm dädäned
raung dädäned
schloufm dädäned
fressn dädäned
scheißn dädäned
obbä di goschn
aufreißn:

des könndä

bürgerversammlung

miä hamm
scho mall
di hend nauf
edz machmäs nimmä

spaziergang

inn ganzn dooch koomä
ned drinnä hoggnbleim
naus moumä in di lufd
enn sauäschdoff brachdmä
nou koomäs drinnä
widdä aushaldn

urlaub

des is scho schäi
des moumä allers
gsäing hoom

obbä dähamm häddmä
hald wenixdens sei
oddnung

wochenende

di sunnä doudä goud
hoggdi noo und
denk ned droo
dassd ä ganzä wochn
lang achd schdund
am dooch fiä nix
und widdä nix
diich bloung moußd
hoggdi noo
di sunnä doudä goud
morng sixdäs
suwisu nimmä

wetterbericht

iich glaab des weedä
werd widdä andersch

gesdern houis im
buckl gschbürd
dä schmerz ismä
inn kubf naufgschdieng
haid juckdmä di hend

wenns morng ned reengd
kooi widdä ned schnaufm

mä werd doch nu froung derfm

wos hasdn edz scho widdä
nix habbi
des gibds doch ned
du hasd doch wos
naa werkli ned
des sichd mä doch
dassd wos hasd
des gfallerdä wuhl
wenni wos hädd
iich hou hald gmaand
du hasd wos
mä werd doch nu froung derfm
iich waaß scho
dassd mi lous hoom willsd
hasd ghörd
edz gäihd des scho widdä lous
obbä sooch doch ämall selbä
weä houd oogfangd
wosd du blouß immä hasd

schimpfrede

suä ruudzbridschn suä elendichä
suä dreegbambl suä dreckädä
suä weisbild suä schbinnäds
suä bläidä sunnä suä bläidä
suä lusch su groußä
ä suä sulln
ä suä
suä

schmeichelrede

mei goudälä
houd schnäiweiße
hackälä
mei wackälä
houd ä ganz
oäddliss neslä
mei scheißälä
houd ä ganzä
glanns göschlä
mei goudälä
gimmä enn ai-ai
mei wackälä
iich kaafdä
hadzi-blummälä
mei scheißälä
wennsdmi ned mochsd
nou greini
ruudz und wassälä

***

däi ding dou
wou mid dem ding dou gäihd
houd däi ding dou gsachd
soll wos glanns gräing
vo dem ding dou soongs

obbä nix gwiiß waaßmä ned

litanei

iich koo waddn
iich hou zeid

wechä miä brachd dei uä ned gäih
wechä miä brachsd morng ned kummä
wechä miä brachsd ibähabds ned kummä
wechä miä koosd bleim, wousd willsd
wechä miä koosd dou, wosd willsd

iich koo waddn
iich hou zeid

wechä miä koosd in dä weldgschichd umänandälaafm
wechä miä koosdi dähudzn
wechä miä koosdi zdoudsaufm
wechä miä brachsdi ned in achd nehmä
wechä miä koosd soong wosd willsd

iich koo waddn
iich hou zeid

wechä miä brachdä ka grauä hoä waxn loun
wechä miä brachdi ned oodou
wechä miä brachd ka ricksichd nehmä
wechä miä brachdi ned bloung
wechä miä koosd waddn, bisd schwaddz wersd

iich koo waddn
iich hou zeid

um miä is mä ned

obbä wennsdi nächsd wochn ned blickn lässd
nou brachdi goä nimmä säing loun

weihnachtsblues

frei nach john lennon

schdell dä vuä
es gibd kann himml
schdell dä vuä
es gibd ka höll
schdell dä vuä
du lebsd blouß amall
schdell dä vuä
du lebsd blouß dou
schdell dä vuä
dei lehm könnd schennä saa
schdell dä vuä
du häsd wos zu soong
schdell dä vuä
du könndsders bessä machn
schdell dä vuä
du könndsd wos ändern
schdell dä vuä
du könndsd wos dou
schdell dä vuä
warum machsders ned?

mid di elläbuung
aff emm kisslä
schaumä nach feiäohmd
zum fensdä naus
und aff di andä
seidn vo dä schdrass nibä
wou andre laid
nach feiäohmd mid di
elläbuung aff emm kisslä
zu uns ribäschauä

***

in mei eingnä väiä wänd
binni mei eingnä herr
solläd mä di deckn affn kubf falln
gäihd des kamm wos oo

***

manche laid schdennä
blouß amall in iäm lehm
in dä zeidung drin
und dou senns hii

kopfarbeit

wosd ned im kubf hasd
moußd in di baa hoom
wenns dä dann aff
di fäiß kwaadschn
brachsdä ka gedankn machn

schweichende mehrheid

iich koo mei maul haldn
du häldsd dei goschn
er häld sei waffl
sie sachd nix
es räierd si ned
miä senn leis
iä machd kann mucksä
sie schweing aa

demmogradie I

freiheid
ä schäins wodd
gleichheid
ä schäins wodd
bridälichkeid
ä schäins wodd

einichkeid
und rechd
und freiheid
laudä schäine wöddä

mach wos dägeeng

demmogradie II

iich sooch ned joo
iich sooch ned naa
sunsd haßds
iich hädd joo gsachd
iich hädd naa gsachd

iich sooch ned joo
oddä naa
sunsd haßds
iich hädd joo
oddä naa gsachd

wenni wos sooch
nou soochi joo und naa
des haßd zwoä nix
obbä des bassd

demmogradie III

schäi houdä gschbrochn
deä koo vielleichd redn
kannä houdsi wos geechä
inn soong drauä: deä houds
dennern gehm aff derä väsammlung
obbä wennsdmi edz frouchersd
wossä gsachd houd wisserdis ned

frommer wunsch

hoffnli werd
des daidsche volk
ämall gscheid

***

wenn du
debb
diä
dei
wenn iich
debb
miä
mei
wenn miä
debbm
uns
unsä
wenn iä
debbm
eich
eiä
nou kosd du
debb
dei waffl haldn
wenn
i
diä
debb
scho wos
sooch

alle dooch wos anders

di wolkn schbinnä
di bamm bäing si vuä lachn
di bisch schloong ihre
hend iberm kubf zamm
di blummä fangä oo zu housdn
dä berch schreid wäi ä nerschä
dä erdbuudn häld si
mid amall sei nosn zou
und di sunnä
houd enn schiiß gloun

***

deä dullnrammä is aa dou
wie bitte?
deä dullenrammer is aa dou
wie bitte?
deä dullenräumer ist auch da
wie bitte?
häiä hald hii
wenni scho daidsch
mid diä red

***

wennsdn sixd
nou saxdersn
weidä
soochidä nix

naggedde weibä

naggedde weibä
nix wäi
naggedde weibä
woui hiischau
naggedde weibä
nix wäi
naggedde weibä
in dä zeidung
iberoll
naggedde weibä
iich draumi nimmä
in schbäigl schauä
naggedde weibä
es essn schmeckd
mä hald
naggedde weibä
wos koo iich däfiä
dass mä di werschd
nundähängä
naggedde weibä
däi fressn hald nix

naggedde weibä
mei moo schauds
aa gern oo
naggedde weibä
obbä iich koomi
nimmä ooschauä
naggedde weibä
nix wäi
naggedde weibä
wenni blouß su
ausschauäd
wäi däi
naggeddn weibä

hä lehrä

däziehlns uns mall
däi schäinä gschichd
däi schäinä gschichd
vom gräich
wäis gschossn hamm
im schidzngroom
aff däi bäisn
bäisn feind
däziehlns uns mall
vo iäm luuch
des wos dou hamm
im kubf
vo derä bäisn kugl
vom bäisn feind
däi gschichd
däi is su schäi
hä lehrä
soongs doch mall
wenn kummd denn ball
wenn kummd denn ball
dä nächsde gräich

aff laid wirfdmä
ned mid äbfl
häichsdens mid gmäis
(zum beischbiel mid
dommoodn oddä buri)

laid wou äbfl essn
dennä amm nix:
wenns kauä kenners
iä zäh ned zeing

aff andere laid
werfns häichsdens
midm budzn

uns koo kannä säing
des groos is houch

und wenn annä kummd
nou bisd hald leis

schau noo wäi des groos
sich dou beweechd

ach räiä di ned
sooch nix meä

und wenns mi dähamm soung
wos is nou

däi finnä di ned
edz hou ka angsd

des groos is su kald
und iich fräiä äsu

iich schdreichl di
nou werds dä glei warm

des groos is su noos
und mei klaad is nu nei

gäih mach dei aung zou
und denk ned an des groos

muggn-blues

iich bin ä muggn
in deim nedz
du koosd mid miä
machn wos du willsd

iich bin ä muggn
in deim nedz bäibi
du koosd mid miä
machn wos du willsd

iich koo nimmä fläing
iich kumm ned vom fleck
gäih zou backmi
und freß mi wech

wäi i zum erschdnmall
su bsuffm woä dassi nimmä
gwissd hou wäri bin
houimi scho scheniäd
wäis däziehld hamm
wossi allers oogschdelld hou
dou sichdmä erschd
wos in amm schdeckd
obbä bamm zweidn mall
houdmä des nix meä ausgmachd

***

haid saafimä di huggn vull
dass nä su schdaubd
haid saafimä enn russn oo
dass nä su grachd
haid saafimä enn affn oo
dass nä su schebberd
haid saafimä enn seiä oo
dass nä su rauschd
haid saafimä enn brellä oo
bis wech is
mei bisslä väschdand

nachdgigä

gesdän houd di sunnä gschienä
in dä sunnä gfällds mä ned
obbä haid hammä widdä nebel
wemmä den hamm, bleibi ned im bedd

im nebel laafi umänanndä
im nebel schaudmi kannä oo
im nebel binni blouß ä schaddn
im nebel merkdmä kannä woss oo

im nebel dou kooi schdiehln
im nebel dou kooi däschloong
im nebel dou kooi bedräing
im nebel dou kooi läing

deä nebel des is mei weedä
im nebel kenndmi ned jedä
im nebel fressi glanne kindä
im nebel schaud kannä hii:

dassi dä nachdgigä bin
dassi dä nachdgigä bin

die umgebung von forth, jetzt ortsteil der marktgemeinde eckental, landkreis erlangen-höchstadt, regierungsbezirk mittelfranken

eckähaa
eckämiel
eschnau
gschaadä berch
grouß gschaa
glaa gschaa
schellnboo
obäschellnboo
undäschellnboo
schdaaboo
abflboo
beddnsiegl
erläschwing
frahuuf
lindähuuf
schdöcki
engsdorf
risslboo
ebi
mausgsees
boulä
herberschdoff
reimboo
schnaddä

loumigäih-blues

iich sing den loumigäih-blues
iich waaß ned wossi dou
iich sing den loumigäih-blues
iich waaß ned wossi dou

iich laaf ä weng rum
und schaumä di laid oo
iich laaf ä weng rum
und schaumä di laid oo

iich hoggmi affä bänk
und denk nimmä droo
iich hoggmi affä bänk
und denk nimmä droo

iich sing den loumigäih-blues
iich waaß ned wossi dou
iich sing den loumigäih-blues
iich waaß ned wossi dou

mei honey moochmi nimmä
dä blues werd immä schlimmä
mei honey moochmi nimmä
dä blues werd immä schlimmä

iich sing den loumigäih-blues
iich waaß ned wossi dou
iich sing den loumigäih-blues
iich waaß ned wossi dou

literatur I

in meim bäichäschrank
vädroong sersi
dou schdäihd aa bouch
schäi broov neberm andern
bladz gnouch hamms ja
obbä in meim kubf
dou gehms kann rouh

literatur II

zwischä zwaa seidn
vo emm bouch
is aa nu bladz
liich di nei und schlouf
vielleichd findi annä

revolution

vuähin houi amm feiä gehm
edz häiri di sirenä
su schnell kanns gäih

bewältigung I

edz nehmdä alle
eiern führä an dä händ
sachd di kindägärdneri zu di kindä
affm schbillbladz und dann
marschiädä lous in zweiäreihä:
edz wundäd mi goä nix meä

bewältigung II

endschuldigens
wou is denn bidde
dä Adolf-Dürer-Platz?

bewältigung III

di ammi senn dävoogloffm
wenns uns scho gsäing hamm
di russn hammä middä
kabbm väjoochd
di franzuusn hamm vuä lauda angsd
in di husn gschissn
und di englandä hammsi
scho goäned erschd ribädraud
obbä dass ausgrechnd miä
inn gräich väluän hamm
des will ned
in mein kubf nei

bewältigung IV

di wodanschdraß führd
zum Platz der Opfer
des Faschismus

sozioolbaddnä I

wenns dä scheff sachd
mouß woä saa
weils dä scheff sachd

wenns deä im weißn kiddl sachd
mouß woä saa
weils deä im weißn kiddl sachd

wenns dä masdä sachd
mouß woä saa
weils dä masdä sachd

wenns dä voäarbeidä sachd
mouß woä saa
weils dä voäarbeidä sachd

wenns di budzfrau sachd
mouß ned woä saa
weils di budzfrau sachd

sozioolbaddnä II

glanne laid mouß
aa gehm sunsd
häddn di groußn
kanne zum errberrn
wenn di groußn nix
zum errberrn hamm
hamm di glann nix
zu lachn

sozioolbaddnä III

waaß nix
is nix
houd nix
koo nix
sachd nix

ja maansd
vielleichd
dass miä an
diä wos hamm?

sozioolbaddnä IV

wennsd wissäsd
wossi ghäiäd
nou gebäsd mä
glei des wosd hasd
obbä weilsd ned
wassd wossi ghäiäd
mouimäs nehmä

sozioolbaddnä V

dä dokdä sachd
iich soll nimmä raung
iich soll nimmä saufm
iich soll nix essn
iich soll kann bohnäkaffee drinkn
iich soll mi ned aufreeng
iich soll mi schonä
obbä dass dä dokdä sachd
iich soll nimmä errberrn
des sachdä ned

solidarität

weilsd du nix meä
errberrn mochsd
soll iich
di ganze weld
rebellisch machn?

konsumzwang

wisäwi is ä loodn
midderä leern daschn moußd nei
und midderä vulln naus

wisäwi is ä loodn
dou schdäihd di väkaiferi
midderm maschinägweä
an dä kassä

wisäwi is ä loodn
kaafm moußd suviel
wäisd droong koosd

wisäwi is ä loodn
kaffsd nix
wersd däschossn.

schennä wohnä

zäich dei schouh aus
deä debbich houd
hunnerd mark kosd
nehm ä kissn
wennsdi hiihocksd
deä sessl houd
fimbfhunnerd mark kosd
mach kann kradzä
aff di diischbladdn
deä diisch houd
sechshunnerd mark kosd
drink ä gloos wei
däi flaschn houd
fuchziä mark kosd
edz kömmä
ä weng blaudern

sprache

nu ä wodd
und du hasd
dein ledzdn
schiiß gloun

du hasders schäi

iich glaab
su bläid
wäi du
is sunsd
kannä

su bläid
wäi du
möchädi
aa ämall
saa

obbä weils
diich blouß
amall gibd
kanni mä
des glei
assm kubf
schloong

dein kubf
möchädi hoom
nou wäri du
obbä weil
des ned
gäihd
moui bleim
wäri bin

joo du
hasders
schäi
du bisd
bläid
und iich?

gnouch

eine frau hat genug

iich hou gnouch vo deim bläidn gwaaf
wennsdmä nix anders zu soong hasd
iich hou gnouch vo deim debbedn gsichd
wennsd vo dä errberrd hammkummsd
iich hou gnouch vo diä fauln schdinkä
wennsd ned ämall dein oärsch aufhehm koosd
iich hou gnouch vo deine schäine freind
wou di sammsdooch fiä sammsdooch
zum saufm väfäiern und iich hou di bescherung
iich hou gnouch vo dei väschissnä undähuusn,
deine käsfäiß, deim ganzn bläidn leichnohm
maansd miä grausds vuä nix?
iich hou gnouch vo deine gelbm fingä
weilsd inn ganzn dooch
ä ziggereddn in dä goschn hoom moußd
iich waaß ned woss iich
ämall an diä ghabd hou
iich hou gnouch
wenni di scho siich
miä ekelds vuä nix blouß vuä diä

ä gänshaud gräichi jedsmall
wennsdmi oolangsd
iich hou gnouch
iich kennerdi däwürng
iich kennerdi umädummhauä
edz kooi väschdäih
dassmä ann däschloong koo
iich kennerdi iich waaß ned woss
iich hou suä woud
iich werfdi nu in di bengerdz nei
obbä dou mäißäd i di blouß
widdä rauszäing

weidämachn

mä machd hald su weidä
wos sollmä denn sunsd machn?
iich könnäd aa aufhörn
und einfach nimmä weidämachn
obbä weä machd des scho?
machn moußd wos
und wennsd blouß äsu weidämachsd
häiäsd dämiid auf
koosd suwisu nix meä machn
machn koosd wosd willsd
obbä weidämachn moußd
dou machimmä goä nix vuä
mä machd hald su weidä
und es gibd gnouch andere
däi wou grood äsu weidämachn
wäi iich aa
dou koosd goä nix dägeeng machn
wenn iich ned weidämach
senns di andern
dou machi mä goä ka hoffnung
dass däi wos anders machn
und du machsd edz
dassd weidäkummsd
weil iich mou weidämachn

ned jedä dooch

»Komm! ins Offene, Freund!« – Hölderlin

ned jedä dooch im windä is ä dooch
woumä gern nausgäihd und halmi däfräierd
obbä haid houd di sunnä gschienä
und di bamm hamm
su schäi schwaddz ausgschaud
vuäm blauä himml
und ka wolkn hasd gsäing
dou houdsmi oobackd
und iich bin nausgangä
weilis ba dem schäinä weedä
drinnä nimmä ausghaldn hou
enn schnäi houds nimmä ghabd aff dä schdrass
obbä aff di wiesn is nu ä glanns bisslä gleeng
deä houd in dä sunnä glidzerd
wäi laudä glanne schdecknoudln
und wäi i dribägloffn bin
ismä des durch und durch gangä
und iich houmi gschickd dassi weidäkumm
außä miä woärn ka laid undäwegs
innerm groom woä des eis nu ganz dick
obbä wäi i draffkwaadschd bin
houds undä miä nouchgehm
vuä miä woärn ä boä disdln gschdandn
ganz schdeif gfruän mid laudä reif
iich bin inn berch nauf und in wold nei
mei buckl woä nu warm vo dä sunnä
im wold woärs su kolld wäi innerä eisgroum
wäi i nausbinn ausm wold
is ä haddzl dävoogfluung
edz houi di berch vuä miä lieng säing -

ganz blau woärns
obbä ned su blau wäi dä himml
innerä wiesn binni im kouhdreeg
umänandä kwaadschd
dees houdmä ibähabds nix ausgmachd
nou binni ä weil undä di läichdmasdn gangä
wäi i glaa woä houi immä angsd ghabd
ä suä drouhd fälld roo und däwischd mi
edz houi blouß nu dribä lachn mäin
iich bin dä sunnä endgeenggangä
däi woä nu su schdark
dassi blinzeld hou
und des middn im windä
iich houmi numall umdräihd
und zrick aff di berch gschaud
dou houi enn weißn schdriich gsäing
amm himml vonerm diisnjechä
edz woärn scho ä boä laid undäwegs
obbä däi senn alle aff dä schdrass gloffm
ä boä krouhä senn aff di läichdleidungä ghockd
iich hou inn di hend badschd
nou senns dävoogfluung
und di läichdleidungä hamm weidäbrummd
wäi i ins dorf kummä bin
is di sunnä ibä dä haubdschdrass gschdandn
und di audo senn draff zougfoän
wäi affern boll aus laudä feiä
und lang houds nimmä dauerd
und sie is undägangä
und edz houi erschd gmerkd
wäi i fräiä!

landschaft

gräi

dä wald is gräi
und di äckä senn gräi

di wiesn senn gräi
und di käih senn gräi

dä kerchdurm is gräi
und dä himml is gräi

es lehm is gräi
und es schderm is gräi

di laid senn gräi
und mei herz is gräi

wenns schlächd

eisenbahn

an jedm bohnhuuf gäihd
ä zuuch fiä miich
blouß nachds däwischis ned
wenni draam

feich

babiäkörb oozindn
weils su schäi raung doud
glodeckl oomondiän
dass kannä mäiä scheißn koo
delefonheislä hiimachn
weil ann suwisu kannä oorufn doud
hoknkreizä an di wend mooln
weils su leichd is
obbä in dä errberrd
di goschn ned aufbringä

dressuä

ä grauä budl mid laudä glanne
grauä löcklä machd ä männlä
vuä emm kaufhaus
wou di heißlufd rauschd
sei fraulä undähäld si
miderä andern frau
di lockn vo ihre dauerwelln
beweeng si im wind
und immä widdä zäichds
an seim halsbändlä oo
dassä aa aff sei zwaa baa
schdäihbleibd wäi ä mensch!

analerotik

fasd in jedm driddn audo
schdäihd im rickfensdä
nebä emm gschdickdn
kisslä ä gloorolln
ä gloorolln
innerm ghäggeldn ibäzuuch
ä gloorolln
ohne ibäzuuch
des weä zu naggedd
dou merkäd ä jedä
dass mä aa nu
bedürfnisse houd

nachm kino

wemmä asserm agendnfilm kummd
houd allers wos zum bedaidn:
jedä babiäkorb könnäd
a doudä bräifkasdn saa
in jedm haus könnäd annä wohnä
deä wou schbioniäd
und in die öffendliche bedürfnisoonschdald
wou i edz neigäih zum schiffm
könnäd ä dreffbunkd saa
fiä agendn

hausordnung

wenn unsä nachbari
di hausordnung machd
klobfds immä mid iäm besn
su lang geechä unsä korridoädiä
bis mä merkn
dass di hausordnung machd

***

haid nachd houi im draam
di daum däschloong
wou unsern balkong vullscheißn

haid fräih binni mä wäiä mördä
vuäkummä und hou innern
ganz schnell bräisälä hiigschdreid

aggression

wenni mi ooschdelln mou
waddi direggd draff
dassi annä vuädrängd

ehepaar

wos houd mä si scho zu soong
wemmä blouß zu zweid is

brandung

afferm blakood
siichi es meer:
obbä rauschn
dennä blouß
di audo!

schbielraddz

dä aungblick
wou sei babiäfliichä
in dä lufd bleibd
isn läibä
wäiä ganzä dooch

volksfest

grein ned bou
blous läibä
sunsd dräihd si
dei windrädlä
nie im lehm

nämberchä glaumsbekenndnis

mä mou blouß
ann glubb glaum
wemmä ann glubb glabbd
nou glabbds

und weä ned
ann glubb glabbd
den haui su lang rum
bissä seine gnochn einzeln
vom buudn zammglaum koo

dann glabbdä aa
ann glubb!

es abboddheisla vo meinä oma
woä im gaddn gschdandn
middn afferä wiesn
als klobabiä hammä
di nämberchä nachrichdn gnummä
wäi i klaa woä
houi angsd ghabd
iich fall nei
weil es luuch su grouß woä
im summä houds gschdunkn
und di würma senn
im scheißdreeg umänandägrabbld
im windä woä allers gfruän
und ä jedä schnauferä
is wäi ä weiße fohnä
in di kalde lufd nausgfladdäd
vorn woä dä abbodd immä offn
ned ämall ä vuähang woä droo
obbä dou däfiä houd mä aa
di berch gsäing
vo dä fränkischen schweiz
wenns greengd houd woäns grau
wenn di sunnä gschienä houd woäns blau
wenns gschneid houd woäns weiß
obbä aa manchmall im mai
wenn di kerschn bläihd hamm
bamm scheißn ä blick aff di landschafd:
su houd mä es oongenehme
midm nüdzlichn väbindn könnä

rentnerin

am samsdooch gemmä
in di schdadd
nou is dä samsdooch
aa widdä rum
am sunndooch foämä
ä weng ins grüne
nou is dä sunndooch
aa widdä rum:
su moochis gern!

ä äldere frau vuäm gorillakäfich

fridzlä
mach ä weng lachi-lachi
warum bisdn haid su ernsd?
du bisd doch sunsd
suä lusdichä kerl
manchmall machdä sugoä
danzi-danzi
wenn nä di diere
redn könnädn!

lehrling

däi zigereddn
schmeckd erschd richdi
wemmä zeä schdund im saddl
ghockd is, ä loochäfeiä oozind
enn kaffee asserä bleechdassn drinkd
und in sonnenundägang beobachd
obbä aff di schnelle affm kloo
dass dä masdä ned modzd
iich waaß ned

opa

sechzg joä
in dä esbede
fuchzg joä
in dä gwerkschafd
und edz houi aa nu
mei leich
dä anadomie vämachd

selbstporträt

manchmall binni blouß
annä vo di laid
wou an miä vobeigängä

schäine heisä

nix geechä hochdaidsche gedichde!
obbä manchmall kummäs mä vuä
wäi laudä schäine heisä
mid laudä schäine fensdälä
obbä wemmä neigäih will
fehld di diä!

lernprozeß

wennsd glaa bisd
werdä gsachd:
des väschdäihsd
erschd ämall
wennsd gräißä bisd

obbä wennsd dann
grouß bisd
väschdäihsd
erschd rechd nix

apokalypse

di bamm senn alle widdä nouchgwachsn
sugoä däi wou ausgschdorm senn
sie hängä vullä bläddä
und di wurzln senn su schdark
dass durchn dicksdn bedong wachsn
überoll sichdmä bamm nix wäi bamm
sie wachsn aff di schuddblädz
sie wachsn aff di dächä vo di hochheisä
sie wachsn aff di audobohnä
sie wachsn und wachsn
und kannä hälds auf
und aff jedm baam
hockd ä vugl und singd

utopie

ä seifnblousn is schennä wäiä rakedn:
sie segeld durch di lufd
schilläd in alle farm
und wenns zäbladzd
bassiäd nix
(mä freidsi häichsdens
aff di nächsde)
ä seifnblousn is schdärkä wäiä rakedn

rüstungswahnsinn

innerm schreibwoängschäfd
schdäihd afferm schulranzn:
gut gerüstet in die schule
su gäihds lous
obbä wou des end
waaß jedä

fortschritt I

es is goä ned su lang heä
dou houi mä gsachd
alle redn vom weddä
iich ned

obbä haid redi gern dävoo
weils es aanziche is
wossi ba uns änderd

fortschritt II

ä frau däi wou immä mid ihrä
schildkrödn in bark gäihd
dass ä wengern auslauf houd
frouchd mi obbi ned
ä gedichd fiä ihr »agathe«
schreim könnäd

warum eingli ned?
di schildkrödn hamms goud
wemmä blouß halb su schnell weän
weämä weidä

fortschritt III

weä dou droo glabbd
dass di laid gscheidä werrn
is bläid

wärs ned gscheidä zu glaum
dass su bläid bleim
wäis senn?

und wenns dann doch
ämall gscheidä werrn
nou gschichds innern
gscheid reechd!

feuerwehr I

es gibd bränd
däi kammä ned
mid wassä löschn

dou moumä erschd
midm feiä redn
froung
wous herkummd

feuerwehr II

manche wolln si partout
ned reddn loun
däi schbringä gladd
nebäs schbrungdouch:
mach wos dergeeng

feuerwehr III

lösch ämall ä feiä
ohne uniform
des houd doch
goä kann reschbeckd

benjamin-gedichte

ausgrechnd edz
wousd schläifsd
fläichd ä gelbä
schmeddäling vobei
dä erschd schmeddäling
wousd in deim lehm
gsäing häddsd

edz mäimä hald
affn zweidn waddn

***

an meim erschdn arbeidsdooch
als freiä schrifdschdellä
woui zum erschdnmall di diä
vo meim arbeidszimmä zougmachd hou
schdäihsd du draußn
nachdemsdi houchgschdemmd hasd
und badschd mid dei händlä
an di diä weilsd willsd
dassi mid diä schbill

su gäihds fei ned
obbä reechd hasd!

iich bau dürm aus bauschdaa
und du wirfders widdä ei
wenn des ka konschdrukdive
zusammenarbeid is!

***

wemmä schbaziängängä
deilmä di laid in zwaa grubbm ei:
dou senn däi wou zrücklachn
wennsdäs oolachsd
und dann däi wou ned zrücklachn
mid dennern wollmä
nix zum dou hoom!

zum jahreswechsel 82/83

iich hou zidderd
wäi di bombä nach nämberch
gfluung senn
(des waaß dei oma nu ganz genau)

du ziddersd
weilsd vom krach vo
däi scheiß-rakedn wach worrn bisd
mid dennern es neie joä ooschäißn

di laid machn sis leichd
däi joong ihr angsd
mid di rakedn inn himml nauf

obbä irchendwann kummds
vo oom widdä zrück

***

waßd scho
dass du gesdern nachmiddooch
midderm glann maadlä gschbilld hasd
des enn bullowä ooghabd houd
wou ä römischä modeschöbfä
exdra fiä glanne maadlä
endworfm houd?

edz sooch blouß
des woä diä worschd?

du maansd wuhl
es langd bamm väschdeggäless
wennsdä di händ
vuä di aung häldsd?

***

seidi gsäing hou
wäi du dulbm
midderä broudworschd
füddäsd
essi
blouß nu blummä

***

wemmä diich su sichd
wäisd mid deine gummischdiefälä
in di wassäbfidschn
umänandäkwaadschsd
dass blouß nä su schbridzd
nou möchädi am läibsdn
selbä innerä suä wassäbfidschn
umänandäkwaadschn
und su lang schdambfm bis schbridzd

obbä iich hou ja
ned ämall gummischdiefl oo

du hasders vielleichd schäi:
bamm medzgä gräichsd
ä schdückälä gelbworschd
bamm beckn gräichsd
ä anisblädzlä oddä
enn löfflbisquit
im milchloodn gräichsd
gummibärlä oddä
enn brausebombom
im schreibwohrnloodn gräichsd
ä audolä ass blasdigg
oddä enn lufdballong
und in dä schboäkassä gräichsd
ä bfeifälä midderm
gigä vorn draff zum neiblousn
du hasders vielleichd schäi
obbä deim babba
schenkd kannä wos

***

solli edz inn mond numall
aufgäih oddä di wolkn
»weithin über alle welt«
zäing loun?
iich kann obbä aa su lang
an di baimlä schiddln
bis ä draimlä rundäfälld
anns vo däi drei läidä singi edz
schlouf läibä glei!

gedichte für kinder

iich möchäd ämall
ä schbringbrunnä saa
ä schbringbrunnä
innerä griinoonlooch
nou könnädi
inn ganzn dooch
di laid dredzn
und alle midänandä
badschädnooß
schbridzn und wenni
gnouch hädd
häirädi einfach auf

***

iich möchäd ämall ä babiäschifflä saa
und irchendwou innerm bächlä schwimmä
und vo dem bächlä schwimmädi
in die bengerdz und vo der bengerdz
schwimmädi in die rechnidz
und vo der rechnidz in main
und vom main in rhein
und vom rhein ins meer
nou wäri endli dodd woui hiiwolläd

iich möchäd ämall ä babiäschifflä saa
iich louäd mi vo di welln dreim
und schwimmäd ganz schnell
an di groußn schiffä vobei
iich schwimmäd su lang
bissi afferä einsamä insel landäd

mid laudä kokosbalmä draff
dodd rouhädi mi ä weng aus
und dann schwimmädi inn ganz wech
zrück, bissi widdä in meim bächlä weä

iich möchäd ämall ä babiäschifflä saa
blouß undägäih derfädi ned

***

ich möchäd ämall ä baam saa
iich möchäd wurzln schloong
wou ganz däif inn buudn neigängä
iich schdreckäd meine händ aus
mei händ mäißädn äsd werrn
und meine hoä bläddä

iich möchäd ämall ä bamm saa
und inn himml naufwachsn
nou könnädi mi mid di vigl undähaldn
wou an mir vobeifläing

obbä weä waaß
obbi dann nu ä bamm saa möchäd
wenni di vigl siichäd
wou an mir vobeifläing —
ohne wurzeln und mid federn

dann möchädi wohrscheinli
aa ä vugl saa!

iich möchäd ämal ä vugl saa
obbä ka oädlä deä wou
inn ganzn dooch in dä lufd
rumkreisn mou bissä
ä meislä sichd wouä fressn koo

iich möchäd ämall ä vugl saa
obbä ka schdorch deä wou
jeds joä im herbsd nach afrika
nundäfläing mou weils
ba uns dou ohm zu kald is

iich möchäd ämall ä vugl saa
obbä ka schbechd deä wou
dooch fiä dooch annerm bamm
droohängä doud und
aff holz klobfm mou

iich möchäd ämall ä vugl saa
obbä ka möwn däi wou
des zeich fressn doud
wos di laid wechwerfn

iich möchäd ämall ä vugl saa
obbä kaa schboodz deä wou
su klaa is dass mern
ned ämall gscheid sichd

iich möchäd ämall ä vugl saa
wenni nä blouß wissäd
wos fia annä!

iich möchäd ämall ä endn saa
und im wassä dreim
und di laid zouschauä
wäis ihre aldbacknä wecklä
assnandäbröckln und
di bröckälä zu miä heäwerfm
und waddn bissis fress

iich möchäd ämall ä endn saa
und im wassä dreim
und di laid zouschauä –
obbä quakn, naa,
den gfalln dennädi innern ned
des mäißädns scho selbä machen

iich bin ä reengboong

iich bin ä reengboong
iich schdrohl in siem farbm
vo amm berch zum andern
innerm groußn boong

iich bin ä reengboong
iich kumm
wenn nacherm reeng
di sunnä scheind

iich bin ä reengboong
iich bleib nie lang
iich väschwind su schnell
wäi i kummä bin

iich bin ä glannä zwedschgämoo

iich bin ä glannä zwedschgämoo
an miä senn laudä zwedschgä droo
zum essn binni viel zu schood
iich bin ja ned ass schoggolood
schdelld mi wou noo
nou schaui eich oo

eisenbahn

iberm bahnhuuf schdäihd
ä groußе weiße wolkn
affm bohnschdeich schdäihd
mei zuuch

schood
dassi mid meinä foäkaddn
ned mid derä
groußn weißn wolkn
dävooflӓing koo

kaspar hauser

jedsmall wenni
zum unschlittplatz kumm
schdelli mi an di schdell
wou vuä ibä hunderdneinzg joä
dä kaschber hauser gschdandn is

und dann schdelli mä vuä
wäi des is
wemmä ned ämall waaß
wäi des hassd
wos mä sichd

gostenhof-blues

dürkische maadlä gängä hamm
vo dä koranschul däi wou irchendwou
innerm rückgebäude undäbrachd is
di ann hamm kubfdüchla auf
und bunde kleidä oo
di andern droong blue-jeans
kauä kaugummi und raung ziggereddlä
sie kummä annerä lidfaßsäuln vobei
wou freiheit und abenteuer väschbrochn werd
sie gängä ä weil hindäränandä
weil di audo inn ganzn gehschdeich braung
sie waddn schäi broov
bis di ambl umschald aff gräi
dann gängäs ibä di schdrass
und kummä an dem italienischn gschäfd vobei
wou es obsd immä im freiä schdäihd
und wous nach rosmarin und parmesan räichd
nehmdroo ist ä griechische werdschafd
midderm daidschn noomä
dou kammä suflaki hoom oddä lebäkäs
oddä rezina oddä bier je nachdem
obbä di dürkischn maadlä gängä einfach weidä.
sie schauä ned ämall in des gschäfd nei
wous videos aus ihrer heimat gibd.
sie kummä annerä delefonzelln vorbei,
wou dodool vullgschmierd is mid ausländer raus!
aff dä andern seidn vo dä schdrass is
dr. pehls institut für künstliche augen
und ums eck rum inn frank zwiebelberg
sei bodybuildingcenter
di dürkischn maadlä wundern si ned ämall

ibä däi alde frau
wou mid ihrm hund schimbfd
weilä ned affn gehschdeich machn will
sie kummä annerm bfeil vobei
wous ämall zum luftschutzraum gangä is
sie kummä an baim vobei und an brandmauern
däi wou manchmall roud auflaichdn
wenn di sunnä scheind
si gängä durch di dicksdn abgase
und dann väschwindens aff amall
su schnell wäis kummä senn
innerm *rückgebäude*,
wou ä kasseddnrekorder
ganz laud dürkische musik schbilld.

schlechte nachrichten

däi zeidung vo haid
woui aff den schdoobl
mid aldbabiä am gehschdeich
glechd hou
wäihd mä
dä wind hindäheä

november-elegie

di nachd frissd ganz langsam
inn dooch auf
und dä schdurm beidld di bamm
iberoll bläddä, bläddä, bläddä
es droddoa: ä aanzichä debbich
obbä es senn immä nu zu weng
es mäißäd nu meä bläddä reengnä
bis mä kanne audo meä siichäd
blouß nu bläddähubbl
allers mäißädns zoudecken
inn bedong, inn asfald vo dä schdrass
und uns aa . . .

dann bleibäd uns nix anders ibri
dann mäißäd mä uns hiihoggn
und di bläddä lesn
aans nachm andern
vielleichd väschdennäd mä
dann endli
wos di bamm vo uns wolln

pegasus

innerm andiquidädnlodn schdäihd
zwischä alde ölschinkn
wou längsd iä farb verlorn hamm
ä blauoongschdrichns schauklbferd
su blau dass goä nimmä woä is

dou mechädi edz draffhoggn
und ä gedichd schreim!

der apfel

ä abfl rolläd
inn berch nundä
und bleibd lieng
middn aff dä schdraß
des kind des mid imm
ball gschbilld houd
hebdn auf
beißd nei
wirfdn widdä wech
edz rollädä nimmä

FUSSGÄNGERZONE

I

suä haffm laid
däi laafm di laid
ibän haffm
däi haffm baa
und däi haffm arm
und däi haffm kebf
und in jedn
vo däi haffm kebf
gäihd wos anders vuä
suviel affern haffm
ä ganzä haffm
ä ganzä haffm
woä

II

des aanziche wos zähld
is anänandävobeilaafm
weä schdäihbleibd und
schaud is selbä schuld

III

gesdern woämä nu menschn
haid simmä blouß nu
dä inhald vo di levis
und morng laafm
di husn allaans rum

IV

blasdikdiidn blasdikdiidn
ohne blasdikdiidn is
es bedredn verbodn
blasdikdiidn blasdikdiidn
di ganze weld is ä
aanziche blasdikdiidn
blasdikdiidn blasdikdiidn
di verpackung is dä
inhalt

V

dass nu kannä aff di idee kummä is
hinderisch zu gäih
des wär ä schäinä schbodd
deä kossäd kann bfenni
dou brauchäd mä kanne joggeroonzüüch
kanne durnschouh nix rein goä nix
blouß aung mäißäd mä hoom
hindn im kubf

VI

dä eindridd is frei:
obbä dann: di husn
zerrn an ihre kleidäbügl
und schreiä mä nouch:
»nehm mi miid! nehm mi miid!«
di hemdn und bullowä machn mä
schäine aung und schdöhnä:
»zäich uns oo! zäich uns oo!
miä wolln dei haud schbürn!«
di schouh rennä mä nouch:
»lou uns ned allaa!«
di musik flüsdäd mä ins ohr:
»kauf wos! kauf wos!
wennsd wos kaffsd
nou gäihds dä goud …«
di neonlambm blinkn
di aung gängä mä ibä
di farbm foän karussell
iich bin innerm kaleidoskop
und kumm nimmä raus
erschd an dä kassä kummi
widdä zu miä
iich will wos soong
obbä iich kann ned

VII

wenn si di schouh
di laid aussoung könnädn
zu dennern wos bassädn
drauäd si kannä mehr affd schdraß

VIII

schnäppchen!
wenni des wodd scho hör
schnabbd mä es messä
in dä daschn auf

IX

wenni ä rolldrebbm nauffoä
lachi manchmall di laid oo
wou di rolldrebbm nehmdroo nundäfoän:
wenn annä zrücklachd
houi gwunnä

X

iich möchäd ämall innä gschäfd neigäih
und ä schdückälä himml kaafm
(obbä kann grauä,
es mäißäd scho ä blauä saa ohne wolkn)
und dann lassädi mäs schäi eibackn
in gschenkbabiä mid schleiflä droo
und dähamm backädis
ganz vuäsichdi widdä aus
und nogläds an di deckn vo meim zimmä
nou könnädi immä naufschauä
wenns mä dänouch wär

XI

es bredd vuäm kubf
gibds edz aa
als schdirnband

KLEINANZEIGEN

I

iich hou nix zum heäschenkn
ka klavier
wou di schwazzn dasdn fehln
ka ölgemälde
mid dem moo midm goldnä helm
ka balmä
wou nimmä in mei wohnzimmä bassd

iich souch aa nix
ka frau
wous ehrlich mid miä maand
kann fesslballong
woui in meim gaddn schdeing loun koo
ka laienschbillgrubbm
in deri »zwergnase« schbilln mou

iich hou nix und iich souch nix
obbä drodzdem gebi
däi oonzeich dou auf!

II

däi frau, woumä
vuä ä boä dooch
zwouzwinkäd houd
sollsi bidde ba mir meldn
iich hou vergessn
zurückzuzwinkern
des möchädi
affm schnellsdn weech
nouchholn
wennsi obbä kanne meld
houi des ganze
blouß draamd

III

iich hou nix
iich koo nix
iich waaß ned wossi will
iich bin ibähabds dä ledzde mensch
iich koo alle laid
blouß vuä miä warnä
weä beschüdzd mi vuä miä selbä?
spätere heirat nicht ausgeschlossen

IV

weä kennd si aus mid bflanzn?
iich möchäd nämli su gern
enn löwnzohn in meine blummäkäsdn
affm balkong hoom
nou könnädi jeds joä im mai
inn soomä wechblousn
und inn ganzn hindähof
mid däi glann fallscherm einebeln

und je längä dass brauchädn
bis affm buudn landädn
desdä gräißä weä mei freid!

V

gibds aa gaddnzwerch
wou imm bedd lieng und schloufm
su ann schdellidä mä
sofodd in gaddn
obbä kann mid emm schubkoän
oddä rechn in dä händ
iich möchäd endli ämall enn zwerch
deä wou nix errberrd
enn zwerch, deä wou
inn ganzn dooch blouß schläifd
nix wäi schläifd
iich kann einfach kanne zwerch
meä errberrn säing

VI

bei uns gibds allers:
fleisch dass ned vom fleisch falln
hoä fiä jede subbm
nüss an dennä sisi
ihr zäh ausbeißn könnä
kraud und roum, faule äbfl
und feddnäbflä in jedä gräiß
zum neidredn
bei uns gibds allers:
dou werd scho wos
für sie däbei saa

es gäihd

wäi gäihds?
es mou scho gäih
und selbä?
wäis hald su gäihd
su gäihds hald
bis ämall nimmä gäihd
es gäihd ämall su
oddä su
haubdsach es gäihd
es gäihd immä weidä
es is immä weidägangä
es mou immä weidägäih
bis edz is immä weidägangä
dou gäihd einfach
ka weech droo vobei
und wenns ämall
nimmä weidägäihd
nou gäihds widdä
vo vorn lous
joo
su schnell
kanns gäih

sooch joo nix

sooch joo nix
edz sooch iich wos

iich wolld scho lang wos soong
du sachsd mä immä gleich allers
wennsd wos zu soong hasd
und iich sooch nix
obbä iich hou aa wos zu soong
ned blouß du

sooch joo nix
edz sooch iich wos

wosd mä du scho allers gsachd hasd!
wenn iich dou jedsmall wos draff gsachd hädd
wer waaß
wos du dann gsachd häddsd
des kammä goä ned soong!

sooch joo nix
edz sooch iich wos

du wassd ganz genau
daß iich blouß wos sooch
wenni wos zum soong hou
und wenni wos sooch
nou is gsachd
obbä du
du sachsd ja aa wos
wennsd nix zum soong hasd

sooch joo nix
edz sooch iich wos

und wennsd mä edz des
wossi dä zum soong hou
ned sofodd soong lässd
nou koosd soong
wosd willsd
obba dann soochidä nix meä
egool wosd sachsd

sooch joo nix
edz sooch iich …
wos wolldi edz soong?

abflug

iich kann nu su
mid di arm rumfachiern
obbä drodzdem kummi
kann aanzichn zendimedä
vom buudn wech

iich kann nu su däif einoodmä
und mi mid lufd vullbumbm
obbä drodzdem bleibi
schwerä wäi di lufd

obbä wenni mi
annerm schäinä dooch
ins groos liich und
aff di wolkn naufschau
däi ibern himml zäing
und dann ganz langsam
di aung zoumach
dann binni blödzli aa
bei innern droom

und wennis widdä aufmach
landi ganz sanfd im groos

nämberch im augusd

viel bleibd ned hängä vo meine
schbaziägäng durch di schdadd:
afferä bank am kopernikusplatz
essi enn döner kebab
und schaumä di laid oo
wäis an miä vobeigängä
im hindersdn eck vom luitpoldhain
machd ä maadlä innerm gelbn klaad
im schaddn vonnerm baam
chinesische gymnastik wäi in zeitlupe
fiä enn aungbliick
is dä bark ganz väzaubäd
affm kirchenweg singd
ä junge frau ganz laud ä lied vom
bruce springsteen miid
wos grood in ihrm walkman hörd
wäis ibä di schdrass gäihd
merki erschd dass bsuffm is
bei der großweidämühl rauschd
di bengerdz ibers wehr
und a blauä gummiball kummd
im wassäfall nimmä vom fleck
und dann werds ohmd:

vuurm bootsverleih am dutzendteich
schbiegld si ä girlandn
mid laudä bundn glühbern im wassä
viel bleibd ned hängä vo meine
schbaziägäng durch di schdadd:
blouß a boa bräisälä
und allers andre schwemmds durch
des sieb in meim kupf
mid demmi ganz umäsunsd
geechers vergessn ookämbf

tuschzeichnung

amseln im nebel afferm baam
hindä emm haus an neijoä
sechs, siem amseln
wäi grouße schwazze bläddä
aff di kahln äsd

amseln im nebel
des bild houd nu kannä gmoold
des will nimmä aus meim kubf:
sechs siem schwazze fleckn
vuäm grauä windähimml
in derä grauä käld

amseln im nebel
iich kumm nimmä vo eich lous
iich mool eich – su goudi kann –
schwazz aff weiß babiä

zeitgeist

sein geisd aufgehm:
dou ghörd ned viel däzou

akzeptanz

di laud glaum allers
bis droo glaum

fast-food

freß inn vugl
bevuärä schdirbd

geisterfahrer

ned ämall meä geechern schdrom
louns ann schwimmä
di laid affm äußersdn
rechdn foäbohnrand

entsorgung

däi wou uns soong
dass mä uns
kanne sorng machn solln
sorng su lang däfiä
bis iä gräißde sorch
lous senn:
uns

kannibalismus

erschd houin zur sau gmachd
dann in kubf oogrissn
es fell ibä di ohm zuung
bis ka gouds hoä mehr an ihm woä
dann houin durchn wolf dräihd
und hackfleisch aus imm gmachd
und zugoudäledzd
houin nu in di bfannä ghaud:
su houin gfressn

basic

wemmä des wos mä denkd
gleich in schbrechblousn
iberm kubf lesn könnäd
brauchäd mä ned
ämall es maul aufmachn

anrufbeantworter

immä affn bfeifdon waddn
wennsd wos soong willsd
dou hasd schiss
wäiä schbrindä vuäm schdadd

nix

im londonä hyde-park houi mall
enn moo ibä »nix« redn hörn
deä houdsi einfach affä obsdkisdlä
naufgschdelld und gsachd:
»es is mä egool, ibä wos di andern redn
iich red edz ibä »nix«.
und dann houdä ä schdundlang ibä »nix« gredd

immä wenni enn redner hör
deä wou wos soong will
und dann doch »nix« sachd
moui an den moo im hyde-park denkn:
deä houd wenichsdens ned gloong!

solarium

dä sunnä moumä zeing
dass mä aa ohne sie braun werd
nou koosäsi schwazz ärchern

ziel

iich souch nix
des is aa wos

talk show

sooch joo nix
iich sooch aa nix

fitnesscenter

schood dass es hirn
kanne muskeln houd

ganz privat

in nämberch oddä wou
houd ä moo oddä weä
afferm fesd oddä wos
midderä frau oddä wem
danzd oddä wos
also nix

nürnberger nachrichten

di kulduä is leichd zu findn:
direkd vuä di dodesoonzeing

showdown

hobb schrifdschdellä
zäich dein schdifd schnellä!

roodfoän

dredn dredn
laafm loun
dredn dredn
laafm loun
dredn dredn
schäim
laafm loun
laafm loun
und
inn wind schbüän
aaaah!

gänseblümmlä

weiß und ä weng gelb
zu glaa fiä ä vosn
unscheinboä
wäi di schboodzn
glanne laid
woumä gern ibäsichd
jeds joä schbidzns
ausm buudn raus
obbä blouß ä weng
mehr drauäsäsi ned
sie schämäsi
dass wachsn

es halbe lehm

frei nach friedrich hölderlin

bis zum weihä nundä hängä
gelbe birn und roude rosn
und di schwän daung
ihre kebf ins wassä
als weäs wos heilichs

ou wäiälä wou nehmi blouß
wenns windä is di blummä heä
und wou di sunnä und inn
schaddn vuä miä affm buudn?
di mauern schdennä kald
und schdumm: im schdurm
schebbern die fohnä

mei oma

mei oma is vo märz bis novembä
barfedz gloffm
ihre fäiß woän su gschwolln
dass in kann schouh meä neibassd hamm

»wenni nä laafm könnäd!«
houds alläweil gsachd, »wos gebädi
däfiä, wenni nä laafm könnäd«
und nou is schdäihbliem und houd gschnaufd

und wäis nimmä laafm houd könnä
houds inn ganzn dooch im bedd lieng mäin
des woärä wos archs weil
»ohne errberrd is mä blouß ä halbä mensch!«

es evangelisch sunndoochsbläddlä houds glesn
und alde zeidungä hammserä hii
des wos dou drin bassiäd woä
woä allers längsd vobei

mid dä zeid houds ned ämall meä gwissd
wos fiän dooch dass mä hamm
»is bald monndooch«, »naa, oma, freidooch«.
»wos, is däi wochn aa scho widdä rum!«

jeds schdügglä koung wos merä miidbrachd houd
houds in glanne bröggälä bräisld
und an di viigl gfüddäd vuäm fensdäbreddlä
des woä iä ledzde errberrd

»di nächsd kerwä däleebi nimmä!«
houds gsachd, wennis bsouchd hou
»dou liichi draußn affm kerchhuuf«
obbä nou houdsis doch nu dälebd

ä boä jeälä houds scho nu rumbringä mäin
des woän ä schäins boä kerwän
und annerm kerwämonndooch is dann aa gschdorm
mei oma houd nie es meer gsäing

schdrassäboo

manchmall iss ä wohnzimmä aff rädä
wou di vuähäng immä offn senn
und iich wünsch mä blouß nu ä sofa
in dem woui väsinkn koo

manchmall iss blouß ä sardinäbigslä
und iich gräich enn elläbuung
ins greiz und ä noosn ins gsichd
(goud is, dass di laid ned aa nu
nouch fisch schdinkn)

manchmall fährdsmi obbä aa blouß
in dä schduuckfinsdern nachd
durch mein schlouf
und meine draim senn blaue funkn
wou an dä obäleidung zäbladzn

is wos?

wos is denn lous mid diä?
mid diä is doch wos lous?
du hasd doch wos
des sichdmä doch
mid diä is doch wos lous!
des sichdmä doch
du hasd doch wos
iich merks doch
dass wos is
es is doch wos
du hasd doch wos
mid diä schdimmd haid wos ned
edz sooch doch
wos des is
wos haid ned mid diä schdimmd
du hasd doch wos
des sichdmä doch
iich waaß doch
dass wos is
edz sooch doch wos
iich waaß doch ned
mid diä is doch wos lous!
du hasd doch wos
des sichdmä doch
edz sooch doch
wos des is
edz sooch doch
wos des is mid diä!
wos is denn mid diä lous!
des sichdmä doch
du hasd doch wos

iich bin doch aa nu dou

du aa

iich waaß ned wossi dou
iich aa
iich dräih nu durch
iich aa
iich halds nimmä aus
iich aa
iich lou allers schdäih und lieng
iich aa
iich gäih nu auf und dävoo
iich aa
iich verschwind
iich aa
iich siich roud
iich aa
iich siich schwazz
iich aa
iich hou suä woud
iich aa
iich will mei rouh
iich aa
iich mooch nimmä
iich aa
iich will nimma
iich aa
iich koo nimmä
iich aa
iich mooch nimmä
iich will nimmä
iich koo nimmä
iich aa
iich aa
du aa?

errberr-rap

hobb, errberr wos
und sei ned bläid
fiä di errbedd
is doch nie zu schbeed

di errbedd houd nu kamm wos gschadd
di errbedd machd uns alle sadd
di errbedd is es halbe leem
mid errbedd dibbdmä nie dänehm
di errbedd moumä einfach machn
ohne errbedd houdmä nix zu lachn
di errbedd schdeggd uns alle oo
di errbedd läffd uns ned dävoo

hobb, errberr wos
und sei ned bläid
fiä di errbedd
is doch nie zu schbeed

di errbedd därfdi ned scheniän
di errbedd moudi indressiän -
di errbedd gäihddä vo dä händ
di errbedd driggdi an di wänd
di errbedd lechdsi aff dein moong
di errbedd baggddi an deim groong
di errbedd lässdi nimmä hamm
di errbedd haud di immä zamm

hobb, errberr wos
und sei ned bläid
fiä di errbedd
is doch nie zu schbeed

wos bringd uns geld? – di errbedd
regierd di weld? – di errbedd
wos schdeggd uns oo? – di errbedd
wos gräichd uns droo? – di errbedd
wos haud uns um? – di errbedd
wos machd uns dumm? – di errbedd
wos baud uns auf? – di errbedd
wos haud uns nauf? – di errbedd

hobb, errberr wos
und sei ned bläid
fiä di errbedd
is doch nie zu schbeed

king of koung

iich und kann keeskoung!
schaui su aus
dassi kann käskoung?
und ob iich enn keeskoung!
ä suän keeskoung
wennin scho siich
suän keeskoung
moui hoom
bamm keeskoung
läffd mä es wassä …
ou, mei maul!
dä keeskoung
is dä king
dä king of koung

seniorenteller

halb su schlimm

ledzdä wille

wennimä vuäschdell
weä allers ämall geld
fiä enn kranz schdifd
möchädi am läibsdn
goä ned schderm

mannsbild

ä moo willsd du saa?
du bisd ka moo
ä moo bisd du ned
du und ä moo?
ä moo is
wos anders
zu emm moo moumä
aufschauä könnä
männlä!

dia-leckdigg

ohne meinä muddä iä schbrouch
kammi meim vaddä sei land
kreizweis!

das schimpf-sonett

du maulauf: moumä diä jeds wodd ookaufm?
du gnooschbeidl: wos schdiersdn in deim dellä rum?
du gschwuhlkubf: wenn waxn dä dei aung nu zou?
du hirnheinä: wenn gäihdn des endli in dei hirn?

du bloußoärsch bisd zu bläid zum eiäleeng!
du schnarchzabfm schläifsd ja scho bamm laafm ei!
du knäifäisl dräihsd enn jedn bfenni um!
du windbeidl läichsd amm blouß di huckn vull!

o du saumoong! o du bebbmkenich!
o du waschlabbm! o du schnallndreibä!
o du bullnbeißä! o du krambfbolln!

du doldi: värolldi! du schbund: schbinn ned!
du waafä: gaafä ned! du schissä: wissä ned!
du zibfl: ziibf ned! du freggä: fregg!

mach wosd willsd

iich könnäd scho
wenni wolläd
obbä iich derf ned

wenni mäißäd
könnädi allers
wossi wolläd
obbä iich mooch ned

wenni wissäd
wossi wolläd
wennis derfäd
obbä iich koo ned

wenni wolläd
wossi solläd
bissis möchäd
obbä iich waaß ned

obbä derfn derfis scho

laid ibä laid

es gibd laid wou ned wissn wos dennä
es gibd laid wou di andern ned kennä
es gibd laid wou vo nix wos väschdennä
es gibd laid wou si blouß nu därennä

es gibd laid wou di andern rumhauä
es gibd laid wou läibä dumm schauä
es gibd laid wou di andern ned drauä
es gibd laid wou an allerm schwer kauä

es gibd laid wou si värrenkn
es gibd laid wou si beschränkn
es gibd laid wou si nix denkn
es gibd laid däi koo nix kränkn

es gibd laid wou nix eisäing
es gibd laid wou andre reileeng
es gibd laid wou nu hoffm
es gibd laid fiä däi is gloffm

herzschmerz

ä herz aus bolli-eddülehn
unkabbuddboä
des koosd nu so ofd
an di wänd brelln
des zerschbringd ned

dann scho läibä
ä herz aus lebkoung
dou koosd su lang
dävoo roobeißn
bis dä schlechd werd

liebesbrief

deä bräif dou issä blummäschdrauß
deä bräif dou issä schlücklä sekd
deä bräif dou issä schachdl bralinee
den bräif dou koosd innä vosn dou
den bräif dou koosd drinkn
den bräif dou koosd essn

mid dem bräif dou koosd machn wosd willsd
obbä les nern bidde-bidde les nern!

du hasds

des wossi souch
wächsd aff kamm baam
di laid daischn si wenns maanä
mä brachd si blouß drundäschdelln
und waddn bis rundäfälld

des wossi souch
gibds in kamm gschäfd
di laid daischn si wenns maanä
dass mä fiä geld allers gräichd

des wossi souch
schdäihd in kamm bouch
di laid daischn si wenns maanä
dass allers scho ämall dou woä

des wos aff kamm baam wächsd
des wos in kamm gschäfd gibd
des wos in kamm bouch schdäihd

du hasds

filmfroung

gräingsersi
oddä gräingsersi ned?
gräingsersi scho am oonfang?
gräingsersi erschd am schluß?
is eä ä schäinä moo?
is sie ä schäinä frau?
bleims zamm?
gängers assnandä?
gäihd sie ihrä weech?
gäihd eä seiner weech?
weä lechd innern schdaa in weech?
gäihds ned weil sie enn andern …?
und dä andä will ned dass sie …
gäihds ned weil eä ä andre …?
und di andä will ned dass eä …
wäi lang dauerds denn nu
bis däi schdaa im weech wech senn?
wäi lang dauerds denn nu
bis däi zwaa widdä zamm senn?

gräingsersi
oddä gräingsersi ned?

iich will midgräing
ob sersi gräing
gräingsersi
oddä gräingsersi ned

iich koo einfach
ned gnouch dävoo gräing!

blues-bus

es lehm issä bus
und du hoggsd drin

es nudzdä nix wennsd affs haldknöbflä drücksd
und wennsd nu su ofd draffdrücksd:
ned ämall des HALT-zeing laichd aff
dä fohrä fährd weidä immä weidä

es lehm issä bus
und du hoggsd drin

es nudzdä nix wennsd zum fohrä vuäschreisd
dou koosd schreiä und schreiä und schreiä
deä hörd ned hii deä häld ned oo
foän is es aanziche wossä koo

es lehm issä bus
und du hoggsd drin

es nudzdä nix wennsd an di dürn rüddlsd
dou moußd miid kummsd nimmä naus
dä fohrä frouchd di ned dänouch
obsd dodd aa hiiwillsd wouä hiifährd

es lehm issä bus
und du hoggsd drin

kreizung

an dä kreizung schdäih und schauä
die ambln schaldn um und hörn nimmä aff
roud-gräi, roud-gräi, gräi-roud:
di ann waddn, di andern könnä gäih

schdrassnbohnä foän vobei und schellern
däi laid wou am fensdä hoggn
schauä aus wäi grahmd:
jedä sei eichnä schnabbschuss

an dä hauswänd am eck grabbld
dä efeu nauf und ä alde neonschrifd
wou scho lang nimmä laichd
wirbd fiä »Eterna-Hemden«

im dürkischn imbodd-exbodd wisäwi
woumä vuä laudä groom goä nix meä sichd
schdäid ä jesus aus gibs
und daid aff sei rouds herz

an dä kreizung schdäih
und di laid ooschauä wou vobeirennä
und manchmall wemmä gligg houd
schaud annä zrück im sekundnblick

roud-gräi, roud-gräi, gräi-roud
roud-gräi, roud-gräi, gräi-roud

fläiß fluss

fluss fläiß
fläiß fluss

schäi, dassd ned schdäihbleibsd
wenni nebä diä heägäih
und weil du ned schdäihbleibsd
bleibi aa ned schdäih

iich koomi nu su schiggn
du fläißd viel schnellä wäi i gäih
iich hull di nie und nimmä ei
dou kooi gäih und gäih und gäih

fluss fläiß
fläiß fluss

immä weidä moui mid diä gäih
bisd innern andern fluss fläißd
und dä ander widdä innern andern
und su weidä immä weidä bis ans meer

und wäi i su nebä diä heägäih
und aff diich horch wäisd rauschsd
fläißd durch mein kubf nummal ä fluß
und deä fläißd und rauschd wäi du

fluss fläiß
fläiß fluss

wou is es meer?
wou nehmin blouß es meer her
es meer fiän fluss in meim kubf?
wou is des wou?

erleuchtung

iich gäih immä widdä
zum see hii
dassi des glidzern
affm wassä siich
wenn di sunnä
durch di wolgn schbidzd

und des glidzern
nehmi dann
ganz vuäsichdi
in meim kubf mid hamm

obbä wenni widdä
an meim schreibdiisch hock
is fasd nix meä dävoo dou

blouß ä fünklä
des langd mä

es meer

es meer schbrichd middi felsn
es blaudäd, es brülld
es flüsdäd seid millioonä joa

es meer werd ned mäid
es hörd ned auf
es machd immä weidä

es meer is blau
es is gräi
es is grau

es meer schbrichd middi felsn
di felsn horng zou
si schweing seid millioonä joä

es meer schbrichd middi felsn
di felsn braung es meer
es meer brauchd di felsn

miä väschdennä es meer ned
miä väschdennä di felsn ned
weä schbrichd mid uns

ouwäih

nach walther von der vogelweide

ouwäih wou senns blouß hii alle meine joä
houi mei lehm blouß drammd oddä is woä?
iich waaß bis haid ned is des werkli gschäing?
iich mou gschloufm hoom hou goä nix gsäing
edz binni aufgwachd und kenn am end
nimmä wossi kennd hou: mei eichnä händ

es land und di laid wou mi aufzoong hamm
semmä ganz fremd dou binni ned dähamm
mei schbillkamerooden senn alle mäid und ald
bedoniäd dä buudn oogholzd dä wald
wenn es wassä ned su fläißäd wäi immä
weä mei kummä vielleichd nu schlimmä

däi mi kennd hamm senn zum gräißn zu gscheid
oon nix meä aff dä weld houi nu ä freid
manchmall denki zrück an däi schäinä dooch
dähiigangä senns alle aff ann schlooch:

aff nimmäwiddä ouwäih!

uns gäihds goud: ein lamento

uns gäihds goud
deä diisch an demmä hoggn
gibd ned nouch
di schdühl aff däimä ausrouhä
falln ned um
dä buudn undä unsre fäiß
wackld ned
di deckn ibä uns
kummd ned roo

uns gäihds goud
di lufd woumä schnaufm
schadd uns nix
des wassä wosmä drinkn
bekummd uns
dä schdrom in di leidungä
machd di nachd zum dooch
es delefon funkzioniäd
dä fernsehä läffd
di klingl gäihd
di bosd waaß
woumä wohnä

uns gäihds goud
es werd dooch
es werd nachd
am dooch scheind
wemmä glück hamm
di sunnä
und in dä nachd
säing mä
wemmä glück hamm
vielleichd enn schdern

uns gäihds goud
und di zeidungä
woumä ämall drinschdennä
loun nu aff sich waddn
uns gäihds goud

bäichä

für norbert treuheit

wenni ämall ä boä dooch
ned in buchhandlungä kumm
fehld mä wos:
bäichä senn wäiä suchd fiä miich

manchmall fassis blouß oo
obbä di naggeddn
ned di scheißlichn zougschweißdn

manchmall blädderi
aa blouß ä weng drin rum
und les mi fesd

manchmall schaui obbä aa blouß nouch
obs nu dou senn
wäi wenns ibä nachd
fiä immä väschwindn könnädn

gegengedicht zu brechts »radwechsel«

dä brecht hoggd im schdrassngroom
und schaud zou wäi dä beckett
es rood wechseld
iich bin ned gern woui heäkumm
denkdäsi
iich bin ned gern woui hiifoä …
eä koos kaum däwaddn
bis dä beckett widdä weidäfährd
obbä wouhii?

wundädiidn

wäi i glaa woä
houi fesd droo glabbd
dassi ämall
innärä wundädiidn
enn schadz find

ass däi wundädiidn
is middä zeid
wos anders worrn

obbä dä glaum
is bliem

muggn

däi frau vuä miä
in dä schdrassnbohn
wou zeä rolln gloobabiä
zum schboäbreis umarmd
wos houdn däi dou
in meim gedichd väluän?
edz is drin:
ä muggn im bernschdein

***

ä muggn und iich
allaans im zimmä:
wenni es fensdä aufmach
semmä meä

walking blues

wenni an laid vobeigäih
wou an miä vobeigängä
möchädi manchmall
annä vo däi laid saa
wou an miä vobeigängä
nou könnädi an miä vobeigäih
immä widdä an miä vobeigäih
obbä weil des ned gäihd
moui weidägäih
immä weidä
an innern vobei
und nie an miä

du bisds

miä kennä uns vo wouheä
wenni nä wissäd wou des woä
iich waaß ned
woui di hiidou soll
woä des dou oddä wou des dodd?
irchendwou moußs ja gween saa
drum is mä dei gsichd
gleich su bekannd vuäkummä
und dei noomä
deä lichd mä aff dä zungä
helf mä mall
du moußd doch wissn
wäisd hassd?
du bisds!
des häddi fei ned denkd

ka sonett

naa so ned
des is ka sonett
naa ned so
ä sonett

is ned so
so ned
ka sonett is ned
so ned

des is ka sonett
so ned
des werd ka sonett

ä sonett
issä sonett
obbä so ned

event

wos isn dou scho lous?
nix is lous
wos soll nern dou
aa scho lous saa?
nix is lous
es mou ned immä
wos lous saa
nix is lous
es koo ned dauänd
wos lous saa
nix is lous
weil wenn dauänd
wos lous weä
merkäd kannä meä
wenn werkli
wos lous is

nix is lous
sei frouh

ortsbestimmung: oberrüsselbach

is des obärisslboo?
werkli obärisslboo?
is des werkli
ganz gwiiß obärisslboo?

des is obärisslboo
des is werkli obärisslboo
des is werkli
ganz gwiiß obärisslboo

obbä wenns vielleichd
doch ned obärisslboo?
wenns vielleichd
goä ned obärisslboo is?
wos is denn dann

warum soll denn des
ned obärisslboo saa?

des wenni wissäd

liebe

iich mou miich aushaldn
dassi diich aushald
und du moußd diich aushaldn
dassd miich aushäldsd
wennsd diich ned aushäldsd
häldsd miich ned aus
und wenni diich ned aushald
haldi miich ned aus

wemmä des aushaldn
ämall nimmä aushaldn
des wär ned auszuhaldn

hald aus!

vorbereid

nachm doud
vo meinä schwiechämuddä
hammä in ihre schränk ibä dreißg
handdaschn gfunnä

in jedä handdaschn
woä ä bägglä daschndüchlä
ä gummiringlä
ä hefdbflasdä
ä schächdälä tictac
ä schdücklä draumzuckä
ä kalendälä
ä kugelschreibä

mei schwiechämuddä
woä bis affs zledzd
aff allers vorbereid

nachkrieg

des hefdlä mid däi banzä
wou feiä schbeiä
dessi fiärä bfeffäminzschdänglä
vo emm boum eidauschd hou

heimli houis oogschaud
in meim väschdeck
dass mi mei vaddä
ned däwischd

allers wos mid schäißn
zu dou ghabd houd
woä verboten
nach dem välornä gräich

gedenkstein

für die ermordeten juden
meines heimatorts

di wassermanns bambl
es kümmelstiels fridzlä
di ehrlichs hildä
dä schöns heinä
di schnaittachers ida
dä rothschilds schorsch
di schwarzhaupts rosy

su hamms ghaaßn
obbä gnudzd
houds innern nix

new york 2005

däi schbidz vom empire state building
wou durch di heisäschluchdn schbidzd
& däi bommfridd am bflasdä
wou jedä draffkwaadschd
& däi stretch-limusinä
mid dä abdunkeldn scheim
daß kannä sichd weä drinhoggd
& deä moo wou im abfall wühld
bissä wos zum essn find
& däi laid mid iä händi
wou middn durch verkehr laafm
als wär allers blouß ä danz
& däi wolknkradzä wou si in di scheim
vo andre wolknkradzä schbiegln
& deä bluessängä ohne inschdrumend
wou bamm singä in sei händ badschd
& deä blick affn hudson
vom siemäzwanzichsdn schdock
& däi sirenä vo dä feiäwehr
vo dä bolizei und vo dä ambulance
am dooch und in dä nachd
&
däi offnä wundn wou däi zwaa dürm
vom world trade center
gschdandn woän

iich möchäd

iich möchäd ämall ä gedichd schreim
des mä iberoll miidhiinehmä könnäd
su klaa dass in jede husädaschn bassäd
ned viel gräißä wäiä daschndäiglä
obbä wemmäs rauszäichäd und vuälesäd
wirräd aff amm schlooch allers anders

iich möchäd ämall ä gedichd schreim
wemmä draffrumdrambläd
derfäds ned kabuddgäih
wemmäs oozindäd
derfäds ned brennä
wemmä midderm messä neischdechäd
derfäds ned bloudn

iich möchäd ämall ä gedichd schreim
des kannä meä aufhaldn könnäd
dessi ausbreidäd wäi ä krankheid
geechä däi ka kraud gwachsn is
bissi jedä mid iä ooschdeckäd

iich möchäd ämall ä gedichd schreim
des einfach oofangäd
und nie meä aufhöräd
und middndrin iich

THERAPIE

1

iich solläd allers
ä weng leichdä nehmä
soongs
nou wäri schweä
in oddnung

2

iich soll widdä
zu miä finnä?
wenni nä wissäd
wou des is

heimat

wenn schnäi lichd
schauds ganz schäi aus
wäi undärä glooskugl:
bidde schüddln!

exorzismus

dä boobsd
glabbd nu an inn
deä arme deifl

soziales gedicht

ä weng wos is
ä weng weng
obbä immä nu
bessä wäi goä nix
wos willsdn meä?

alte schule

miä senn scho
mid ganz andre ferdi worrn
dou kummds aff diich
aa nimmä draff zamm

familienbande

wenns draff ookummd
haldn mä zamm
wäi bech und schwefl
edz kummds grood
ned draff oo

interview

im roodio hamms mi
neili gfrouchd
wossi machäd
wenni godd weä:
dieselm fehlä nummall

eisenbahn

däi züch wou di banoonäschooln
aus di aschnbechä raushängä
däi züch wou di bierfläschlä
undä di sidz rumkugln
däi züch wou di rädä
aff di schienä rumbln
däi züch wou di laid
geechern schlouf ookämbfn
und mid offnä maul einickn
däi züch wou an bohnhöf haldn
wou sunsd ka zuuch meä häld
däi züch woumä frouh saa mou
wemmä ibähabds nu hammkummd:
däi züch semmä di läibsdn

kalchreuth

zwaa maadlä schdeing
in kalchraid assm zuuch:
su könnäd ä romoon oofangä
obbä in kalchraid
fangä kanne romoon oo

foäbloon

es gibd nix schennäs wäi enn foäbloon
um zwölf uhr neinäfuchzg
könnädi in kirchehrenbach saa
wenni wolläd
oddä um dreizehn uhr elf
in kleingescheidt
iich könnäd obbä aa
um verzehn uhr zwölf
nach wicklesgreuth nübäfoän
nach wesdn schdadds nach noddn
oddä um fuchzehn uhr fimbfäverzg
nach postbauer-heng
nou wäri im osdn
oddä wenni in südn wolläd
um sechzehn uhr dreißg
nach pappenheim

in alle himmelsrichdungä könnädi
wenni wolläd
naa es gibd werkli
nix schönners wäi enn foäbloon

und wennin zouklabb
binni widdä dähamm

der fränkische anrufbeantworter

grüß godd! iich bins
iich bin fei ned dou
woui bin
moochi ned soong
wenns saa mou
könnäs mä dou
nachm bfeifdoon
wos draff soong
sie könnäs obbä aa
genausugoud saa loun
ade

wassd scho

weä waaß scho
wäi schbeeds is
kannä waaß dassis waaß
weä waaß scho
wos di uä gschloong houd
kannä waaß obbis waaß
weä waaß scho
wos aff ann zoukummd
kannä waaß wossi waaß
weä waaß scho
wos aff ann wadd
kannä waaß wos
kannä
wos waaß denn iich

der erotische garten

di hordensien schdennä aff di rosn
di rosn flördn middi lilien
di lilien baggern inn oleander oo
dä oleander is nersch aff di dohlien
di dohlien senn scharf aff di wickn
di wickn bussiän middi gänseblümmlä
di gänseblummä schwärmä fiä di dulbm
di dulbm schmachdn di fuchsschwänz oo:
obbä däi hamm blouß nu
aung fiä di sunnäblummä

des

des gibds ned
des glabbsd ned
des derf ned woä saa
des gäihd ned in mein kubf nei
des lässd mä kann rouh
des houi kummä säing
des hammä edz dävoo
des kummd aff uns zou
des kammä ned aufhaldn
des kummd unvähoffd
des bläihd uns
des is aff amall dou

umsunsd

worschd aff wos dassd waddsd
obsd haid waddsd
oddä morng waddsd
obsd dähamm waddsd
oddä foddgäihsd und waddsd
obsd richdi waddsd
werkli richdi waddsd
oddä obsd blouß su dousd
als obsd ned waddsd
obwuhlsd doch waddsd
worschd aff wos dassd waddsd
du waddsd umsunsd weil:
des aff des wosd waddsd
des wadd aff diich

vegetarisches massaker

di domoodn könnä nu su schreiä
däi kummä undäs messä
di gelbäroum solln es maul haldn
däi werrn ganz fein zäschdückld
dä salood soll aufhörn zum jammern
deä werd underm wassähohnä dädränkd
di gurkn solln si blouß ned su aufreeng
däi werrn schäi in scheim gschniidn
di radieslä kummä aa ned dävoo
dennä werd dä kubf oogrissn
di zwiebl greinä umäsunsd
däi werrn klidzäklaa zähackd
allers mou schderm
obbä iich leb

zwedschgä

sehr frei nach w. c. williams

wou senn däi zwedschgä
däi zwedschgä woui
in kiehlschrank nei hou
iich möchäd wissn wou däi
zwedschgä hiikummä senn
däi goudn goudn zwedschgä
däi woän su säiß su zuggäsäiß
iich hou mi scho su draff gfreid
däi senn kamm wos oogangä
däi houi fiä miich affd seidn
iich will mei zwedschgä widdä
wou senn däi
weä houd däi weä

baradies

im siebdn himml
aff wolke siem
middi siem zwerch
siem zwedschgä essn

nachtschwärmer

deä schwibs haid nachd
in meim draam
woä viel schönnä wäi
jedä rausch am dooch:
edz drinki blouß nu wassä
und wadd aff di nachd

lufdschloss

nix schenners wäiä lufdschloss
des kosd di nix
des koosd iberoll hiibauä
dou brachsd ka baugenehmichung
dou brachsd ka geld aufnehmä
dou brachsdi ned mid dä
bauschboäkassä rumärchern
dou brachsd kann kaufvädrooch
dou moußd kann gredidd ooschdoddern
dou hasd kanne nachbann
wou dä dei aussichd väschandln
dou brachsd kanne maurä
kanne fließnleechä kanne moolä
kanne elekdrikä kanne möblbackä
dou moußd ned lang waddn
dou koosd sofodd eizäing
des is schlisslferdi
und wennsdä nimmä gfälld
lösdäs einfach widdä in lufd auf

das verschluckte gedicht

haid fräih houi ass väsäing
ä gedichd väschluckd
des houd goä ned wäihdou
erschd is mä ä zeidlang
im bauch rumgangä
und dann ismä aff amall
in kubf naufgschdieng:
iich hou nix dägeeng
dou koos vo miä aus bleim

schdäihbleim

schdäihbleim
allers blouß
ned schdäihbleim
weä schdäihbleibd
deä bleibd schdäih

deä wächsd oo
den zäichds nundä
deä schlächd wurzln
deä väsinkd im buudn
den bringd nix meä wech
deä kummd ned vom fleck
deä kummd nimmä in di gäng
deä mou fiä immä schdäihbleim
sei lehm lang blouß nu schdäihbleim

schdäihbleim
allers blouß
ned schdäihbleim
weä schdäihbleibd
deä bleibd schdäih

ganz anders

miä is haid ganz anders
ganz anders
wäis mä gesdern woä

warum is miä haid anders?
su ganz anders
wäis mä gesdern woä
is miä vielleichd
haid anders su ganz anders
weili gesdern anders
ä andrä ä ganz ä andrä woä?
weä woäri denn blouß gesdern
weä binni denn blouß haid?

miä is haid ganz anders
ganz anders
wäis mä gesdern woä

zu viel

iich waaß ned
wossi will
iich will su viel

wos willi edz
wos willi nou
wos willi haid
wos willi morng
wos willi dou
wos willi dodd

iich waaß ned
wossi will
iich will su viel

wos willi edz
wos willi nou
wos willi haid
wos willi morng
wos willi dou
wos willi dodd
wos willi ned
wos willi doch

iich waaß ned
wossi will
iich will su viel

iich waaß ned
wossi will
iich will und will
iich will zu viel

mei oma

mei oma houd
zum himml naufgschaud
und scho houds gwißd
wäi es weedä werd

mei oma houd
ä wengä erdn
zwischä di fingä zerriem
und scho houds gwißd
ob aff dem buudn wos wächsd

mei oma is
mid di hennä ins bedd
und midm erschdn schrei
vom gigä widdä raus
weils gwissd houd
dass amm im lebm
nix gschenkd werd

mei oma houd
fiä und geechä allers
wos gwissd
und wenns ämall
nix meä gwissd houd
houds immä nu gwissd
dass mä des wos
ned oobundn is
foän loun mou

warme soggn

mei muddä houd
jeds joä am geburdsdooch
jedn ä boä selbägschdrickde
wollne soggn gschenkd:

als kummäd mä
mid warme fäiß
leichdä durchs lehm

lehmslauf

wennsd aff di weld kummsd
gräichsd vuä deim geburds-
daddum ä schdernlä
wennsd schdirbsd ä kreizlä:
wos willsdn meä?

anamnese

die myopie
vom obba vädälichäseids
die adipositas
vo dä oma vädälichäseids
die hypertonie
vom obba müddälichäseids
den astigmatismus
vo dä oma müddälichäseids
die vägrößäde prostata
vom babba
& ab & zu
migräne
vo dä mamma

stresstest

midm kubf durch di wänd:
wenn di wänd hii is
is dä kubf schuld

the medium is the message

ich bin di bodschafd
sachd dei händi
& weä bisd du?

verfallsdatum

wenni wissäd
wenni ablaafäd
laafädi dävoo

public viewing

ganz daidschland
houd ä fohnä

politbarometer

iich hou di nach deiner meinung gfrouchd
eingli sollersd frouh saa
dass mä di nach deiner meinung frouchd:
dei meinung zähld nämli ned!

holzweg

voweeng
alle weech führn
nach rom

urlaub

iich kumm
widdä zu miä:
dou bleibi

ohne dich

ohne diich
binni ä aamälä ohne marmälood
ohne diich
binni ä fässlä ohne salz
ohne diich
binni ä lebäkniidlä ohne subbm
ohne diich
binnä ä käskoung ohne käs
ohne diich
binni ä wecklä ohne worschd
ohne diich
binni ä schdambälä ohne schnabs
ohne diich
binni ä grooshubfä ohne groos
ohne diich
binni ä schneggn ohne heislä
ohne diich
binni ä vöchälä ohne fliichl
ohne diich
binni ä uufm ohne kulln
ohne diich
binni ä hemmäd ohne groong
ohne diich
binni ä schouh ohne sulln

ohne diich
binni ä husn ohne baa
ohne diich
binni ä lari ohne fari
ohne diich
binni ä remmi ohne demmi
ohne diich
binni ä sabbä ohne lodd
ohne diich
binni ä heinä ohne hirn
ohne diich
binni blouß nu iich

mei kindheid

mei kindheid
des is des frigeo-brausebulfä
wossi mid meinä schbodze
vo meinä händ gleckd hou

mei kindheid
des is mei blasdigg-indioonä
wou aff seim musdang
ibä di brärie galobbiäd

mei kindheid
des is däi lebberi aff dä schdrass
woui nacherm warmä gwiddäreeng
barfeddz drin rumghubfd bin

mei kindheid
des is deä unväwüsdliche schliddn
mid dem woui bauchädsi
inn berch nundägsausd bin

mei kindheid
des senn däi selbägfangnä maiäkäfä
innerm schouhkaddong
mid lufdlöchä drin

mei kindheid
des is deä besdioolische gschdank
vonnerm odelwoong
wou an miä vobeigfoän is

mei kindheid
des is des väschdeggäläs-schbill
wou mi kannä gfunnä houd
weili mi su goud väschdeggd hou

mei kindheid
des is des foärood vo meinä muddä
mid dem woui mi beinooh am nachbarn
seim gaddnzaun dähudzd hädd

mei kindheid
des is däi zinkboodwannä
woui jedn samsdooch
drin badd worrn bin

mei kindheid
des is dä bou assm struwwelpeter
dem wou dä schneidä middä scher
inn daumä oogschniidn houd

mei kindheid
des is des koddledd
su grouß wäiä abbodddeckl
wossi bamm medzgä ghulld hou

mei kindheid
des senn däi bubbl
woui midm klann fingä
ass meinä nosn gfischd hou

mei kindheid
des senn däi rolläfässlä
wemmä in dä sandgroum
cowboyledz gschield hamm

mei kindheid
des senn däi grind
vo mei aufgschürfdn knäi
woui immä wechkradzd hou

mei kindheid
des is di milchhaud
aff meim kaba in dä fräih
vuä deäs mä immä geekld houd

mei kindheid
des senn däi wundädiidn
mid buffreis fiärä zehnälä
wou nie ä schadz drin woä

mei kindheid
des senn däi schouh
woumä nach emm joä
scho widdä zu klaa woän

mei kindheid
des senn däi bundn kaugummibildlä
inn kaugummi houi ausgschbodzd
di bildlä houi behaldn

mei kindheid
däi ghörd miä ganz allaans
däi kammä kannä nehmä
däi werri nimmä lous

kerschn

ach däi kerschn
däi safdichn roudn kerschn
däi mä frisch vom baam
rundägessn hamm
däi gschdullnä kerschn
und di angsd dass ann ä bauä
bamm schdiehln däwischd
däi kerschäkern
däi mä in dä aufrechung
väschluckd hamm:
ach däi kerschn
däi zuckäsäißn kerschn
nix houd su goud gschmeckd
wäi däi gschdullnä kerschn!

lyrik im subbämarkd

wou bleibd di lyrik?
di lyrik im subbämarkd?
banoonä gibds und oraaschn
zidroonä und babrika
nudeln und reis
quark und käs
regoole vullä schokolood
wos willi denn mid diefkühlbizza
duschgel, zohnbasda, deodorand
vollwaschmiddl, daschndüchä
windeln, frühschdücksflockn
weinbrand, doileddnbabiä
fischschdäbchen und alleskleber
wos willi denn mid
spare ribs und dufdkerzn
wenni lyrik will?
wou bleibd di lyrik?
di lyrik im subbämarkd

dä herbsd is ibärall

dä summä woä ämall
dä herbsd is ibärall
deä dringd durch di
wurzln vo di bamm
deä schdeichd nach oom
am schdamm endlang
deä fläißd durch di äsd
und durch di zweich
bis in di bläddä nei
deä gibd ka rouh
bis alle falln
bis allers fälld
dä herbsd is ibärall
dä summä woä ämall

lob der amseln

woui aa hiikumm, di amseln senn scho dou
däi wibbn und dribbln, däi hubfm rum
däi fläing ned wech, däi hamm ka angsd
däi bleim wous senn, däi loun si ned vädreim
däi bickn jeds körnlä auf, däi finnä immä wos
woui aa hiikumm, di amseln senn scho dou
di weiblä braun, di männlä schwazz
iberoll amseln! däi senn hard im nehmä
däi loun si nix gfalln, däi loun si ned väjoong
däi kummä widdä, däi ferchdn si ned
däi fläing aff di wibfl vo di bamm
däi fläing aff di schbidz vo di dächä
däi fläing aff di sadellidnschissln
däi soung si immä di häichsde schdell
und fangä oo zu singä
und hörn nimmä auf
weils hald einfach singä mäin:
di amseln hamm zeid
und di zeid errberrd für sie

pegasus

manchmall gäihd
dä gaul mid miä durch
und iich gäih in di lufd:
vo oom sichd allers
ä weng anders aus

FREI NACH SHAKESPEARE

sonett 18

solli di miderm summädooch vägleing?
du bisd viel schennä und su zoärd
dä wind wäihd alle bläihdn widdä wech
sugoä dä summä gäihd ämall vobei
di sunnä maands ofd viel zu goud
und scho werd allers widdä drüb
wos schäi woä is dann nimmä schäi
däi naduä machd immä des wos will
dei summä deä derf nie meä vägäih
du bisd und bleibsd fiä immä schäi
dä doud soll mid seim schaddn gäih
in meine vers wersd weidä lehm
sulang nu laid lehm wou des säing
häld des diich fiä miich am lehm

FREI NACH SHAKESPEARE

sonett 2

wenn fuchzg windä aff dei gsichd drückn
und däife runzln in dei schönheid groom
schaudi beschdimmd ka mensch meä oo
aus deim jungä kleid werd ä aldä lumbm
wersd gfrouchd wou is dei schönheid hii
dei ganze brachd aus deine bessern dooch
und du sachsd däi sichsd nu in mei aung
dann läichsd: dou machsdä blouß wos vuä
viel schennä weäs wenn du sachsd:
mei aldä des is miä ganz egool
di schönheid lebd edz weidä in meim kind
des zeichd dä weld wäi schäi i woä
su wersd wennsd ald bisd nummall jung
dei bloud bleibd warm des werd ned kald

frei nach eichendorff

Schläft ein Lied in allen Dingen,
die da träumen fort und fort,
und die Welt hebt an zu singen,
triffst du nur das Zauberwort.
J. v. Eichendorff

wenn in allerm ä gedichd schläifd
schläifds dann aa innerm bleischdifdschbidzä
emm füllfedähaldä oddä emm radiägummi?
wos drammd ä bleischdifdschbidzä
oddä ä füllfedähaldä wennä schläifd?
wos gäihd innerm radiägummi voä?
wos fiärä gedichd schläifd in imm?
wou bleibd es zaubäwodd?
ach, eichendorff!

bengerdz-blues

in laffamholz kummds rei
in hammä schbridzds
in erlnschdeeng mäanderds
in jobsd schdrömds
in wöhrd dreibds dähii
an dä aldschdadd fläißds vobei
in johannis schbrudlds
in schniechling rauschds
in doos schdinkds
in fedd is um si gschäing

nürnberger hasenpanier

ach hos
wos machsdn du dou
middn in dä schdadd?
däi väkehrsambln
kannsd ned fressn
wenns aa nu su gräi senn
und afferm zebraschdreifn
wächsd ka groos
sei frouh dass di
nu ka audo däwischd houd
und vuä emm jächä
moußd di aa ned ferchdn
laaf hos laaf – schau zou
dassd affm schnellsdn weech
enn undäschlubf findsd:
dä Dürer wadd scho

nachbann

di frau beck assm fünfdn schdock
houd aus väsäing iän wellnsiddich
in dä waschmaschinä miidgwaschn

di frau moosberger assm verdn schdock
waaß langsam nimmä ein und aus
iä damenboärd gäihd nimmä wech

di frau zeisler assm driddn schdock
schämd si weil iä sohn im suff
nachds di drebbm vullkodzd

di frau maier assm zweidn schdock
väjoochd di daum aff iäm balkong
miderä krachäläsbisdoln

die frau wagner im erschdn schdock
is vuä zwaa dooch gschdorm
obbä des houd nu kannä gmerkd

deä herr schnell im badderr
houd sei klingl oogschdelld

fußgängerzonen-blues

iich laaf durch di schdadd
und di schdadd
läffd durch miich durch

iich schwimm geechern schdrom
und deä schdrom
schwimmd geechä miich

iich rembl jeden oo
und jedä
rembeld zurück

iich glodz in schaufensdä
und di schaufensdä
glodzn aff miich

iich foä rolldrebbm rauf
und rolldrebbm
foän mi widdä roo

iich renn durch kaufhaisä
und di kaufhaisä
rennä mid miä dävoo

iich kaff schund
und dä schund
kaffd miich

iich väjubel es geld
und es geld
väjubeld miich

iich laaf durch di schdadd
und di schdadd
läffd mid miä mid

gräich

bildä rund um di uä
bräsidendn wou ass fliichä schdeing
und ibä roude debbich laafm
menschn vuä ihre eigschderzdn heisä
nach emm rakedneinschlooch
feiä wou ned aufhörn zum brennä
menschn wou in der gräißdn käld
im freiä ibänachdn mäin
hungernde kindä mid grouße aung
doude selbsdmoddaddndädä
bolidikä wou in kameras grinsn
bildä laafm amok
rund um di uä:
wäi gräichin blouß
däi bildä widdä lous?

bilanz

woss houi ned allers gmachd:
iich hou mi aff laid eigloun
aff däi i mi ned eiloun hädd solln
iich hou mid laid gredd
mid däi i ned hädd redn solln
iich hou sachn gsachd
däi i ned soong hädd solln
iich bin in feddnäbflä neidredn
in däi i ned neidredn hädd solln
iich hou mi endschuldichd
obwuhli mi ned
endschuldichn hädd solln
iich hou mi gärcherd
obwuhli mi ned ärchern hädd solln
iich hou wos gmachd
wossi ned machn hädd solln
iich hou nix däzouglernd
obwuhli däzoulernä hädd solln:

wos machi blouß
wos machi edz!

parteitag

alle wolln blouß nu
nach vorn schauä:
wos gibdsn dou
scho zum säing?

wir sind das volk

frei nach brecht

wenn des »das volk« is
moui mä ä anders soung!

sisyphus

albert camus: wir müssen uns sisyphus
als einen glücklichen menschen vorstellen

iich koo machn
wossi will:
jedä schdaa woui
affm berch naufrollä
rolläd widdä roo:
es nächsde mall
kummi glei
als schdaa
aff di weld

houchmoud

nach andreas gryphius

du sichsd wouhiisd aa schausd
blouß houchmoud um diich rum
wos haid nu annä aufbaud
reißd morng ä andrä um
wou haid nu heisä schdennä
wächsd morng scho widdä groos
su is – su bleibds – des is unsä los
wos haid bläihd werd morng dädredn
nix bleibd übri – ä boä baa
nix häld ewi – aa ka schdaa
amall däwischds enn jedn

gedichte

gedichde senn wolkn
manchmall reengds aus innern raus
manchmall werd aus reeng schnäi
manchmall bleims ä weil hängä
dann zäings weidä
gedichde senn wolkn
manchmall loun sersi ned säing
dann is dä himml blau

es walbälä

es walbälä is unsä fudschijama
jedä mou in seim lehm ämall nauf
obbä dä schnäi fehld im summä, dä schnäi

an der wiesent

di sunnä brennd roo
dä fluss rauschd vuä siich hii
eintagsfliegen danzn iberm wassä
di forelln schnelln assm wassä
schnabbn nach eintagsfliegen
im schaddn vonerm bamm
hoggd ä angler und wadd
dass di forelln oobeißn
dä fluss rauschd vuä siich hii
di sunnä brennd roo
am himml ä aanzichs wölklä
des ganz langsam widdä väschwind

weidn am wassä

di weidn schdennä am wassä
di weidn schauä affs wassä
di weidn säing wäi es wassä
an innern vobeifläißd
di weidn braung es wassä
es wassä brauchd di weidn
di weidn schdennä am wassä
di bläddä vo di weidn funkln

felsn

in der fränkischen schweiz

dä wind wäihd und wäiä wäihd
obbä di felsn bleim schdäih
seid ewichn zeidn schdäih
weäs hiigschdelld houd
waaß kannä will kannä wissn
manche schbidzn blouß
ä weng assm wald raus
andre väschdeggn si
wous schduukfinsdä is
wäi väwunschne brinzn
wou kannä wachküssd
wous schdennnä
woä ämall ä meer
ausgschdormä viechä
väschdeinärungä
des aanziche
wos vo innern bliem is
schdaa nix wäi schdaa
obbä manchmall
werrn aus felsn wolkn
und dä himml schaud zou

rilke-remake

di bläddä falln wäi vo ganz weid
als weän baim dou droom am himml
si falln und senn dägeeng dass falln

und in di nächd fälld di schwere erdn
aus alle schdern und bleibd allaa

miä alle falln. däi händ dou fälld
und schaudä andre oo: däi falln aa

doch annä deä is dou wou däi wou falln
ganz vuäsichdi mid seine händ aufhäld

dem eichendorff sei mondnachd

houd dä himml werkli
dä erdn enn kuss gehm
dass edz wou allers bläihd
vo imm draimä könnd?
is di lufd durch di feldä gangä?
hamm di ährn ä weng gwaggld?
houds im wald ganz leis grauschd?
is dä himml vullä schdern gween?
houd mei seel ihre flüchelä
ganz weid ausgschdreggd?
is ibä des schdille land gfloong
wäi wenns hammfläing mechd?

rotkehlchen

immä widdä dauchd
wemmä grood ned droo denkn
wäi assm nichts
irchndwou im gaddn
wäi wenns aff uns gwadd hädd
ä rotkehlchen auf
es is immä desselbe
als weäs unschderbli

deä alde abflbaam

deä alde abflbaam lässsd si zeid
dem bressiäds ned, dem machds nix aus
dass alle andern vuä imm droo senn
deä koos däwaddn, deä wadd su lang
bis ba di andern widdä allers vobei is
obbä wenn kannä meä mid imm rechnd
zeichdä alle andern baim dassä aa nu dou is
dann hauders raus alle seine bläidn raus
bissä vo laudä bläidn vuä laudä
schnäiweißn bläidn blouß äsu exblodiäd

lila asdern

di lila asdern bläihä widdä
aa asdern nach dä andern
schäi langsam nouch und nouch
bis alle bläihdn lila senn

di lila asdern bläihä widdä
di bienä schwärmä numall aus
iä gesumm hörd nimmä auf
jede asder kummd nu droo

di lila asdern bläihä widdä
lila is di ledzde farb:
bald werd allers grau

naduä

haid fräih is vuä dä diä
ä achhörnlä vobeigwedzd
hinderm gaddnzaun is
ä hos vobeighobbld
affn abflbaam senn
drei eichlhähä gland
und affm dooch houd
ä amsl gsungä:
wos will mä meä?

schdern

wou senn di schdern
wou senns denn hii
wos is blouß lous
wos is bassiäd

ä zeid houds gehm
des is lang her
dou woä dä himml
vullä schdern

deä mond is dou
deä is nu dou
di schdern senn fodd
wou senn däi hii

iich will schdern
di schdern säing
in dä nachd
di schdern säing
in dä nachd

sunnäblummä

»we're golden sunflowers inside«
allen ginsberg

schäine goldgelbe sunnäblummä
semmä ned alle sunnäblummä

reggn mä ned alle immä widdä
unsre kebf in di häih?

hammä ned alle in uns
enn haffm goude kern?

loumä ned alle wenns zeid werd
unsre viel zu schwern kebf hängä?

semmä ned alle sunnäblummä
schäine goldgelbe sunnäblummä

müll

däi blasdiggdüdn affm baam
wäi kummdn däi dou nauf?
weä is schuld? woäs dä wind?
ä vugl koos ned gween saa
ned ämall ä krouhä
dou mou dä wind scho
ganz schäi blousn hoom
edz hängds droom
kummd nimmä roo
kannä koo wos dou

lektion

schau aff dein weech
hamms zu miä gsachd
immä und immä widdä
schau aff dein weech
des houi haid
immä nu im ohr
schau aff dein weech
links und rechds dävoo
woä es lehm:
an dem is dä weech
vobeigangä

kindäfoddo

ledähusn, drachdnjankälä
und affm kubf ä dirolähäidlä:
su hamms mi ausschdaffiäd
in ihrä schneiderei
meine großdandn in berlin

wäi hamm sersi dou gfreid
wenns mein »ulkijen« dialeggd
aa ned väschdandn hamm
iich woä ihr »kleena bayer«:
su kammäsi daischn!

väschdeggäläs

aans zwaa drei vier eggschdein
alles muss verschdeggd sein
hindä miä und nebä miä
dou gilds ned
edz kummi
petra wou bisdn
thomas wou bisdn
werner wou bisdn
im kellä dou gilds ned
dou draui mi ned nundä
dou senn di raddzn
im haus gilds aa ned
dou schend mei muddä
wo seidern?
des is feich
schbillväderbä seidä
des is fei feich
meinerdweeng könndä bleim
wou dä bfeffä wächsd
iich gäih edz hamm
nou habdä mi gsäing!

schendn: schimpfen

demmä raffm

1

des koosd ja brobiän:
wennsd ä kuddälä
aus deinä groußn zäihä
raufzäichsd
und mi ooschbodzd
gräichsd vo miä
ä suä oäschkniidlä
dassd nimmä wassd
obsd männlein oddä
weiblein bisd
du drausdi wos:
nou hasd ausgschbodzd

2

weä als erschdä
affm buudn lichd
houd väluän
zwiggn kradzn
schöbbeln beißn
gild ned

3

du hundsgrübbl
dou dei gsichd nei
haid is affnjachd
dou dei gsichd nei
oddä iich haudä annä
daßd maansd
ä bär houdi gradzd

4

hobb gäih heä
und hulldä
ä schelln oo
däi doudä
kannä meä roo!

schweig bub

in miä drin is ä bou
deä gibd ka rouh
deä will naus
iich lounern raus
obbä zum gligg
kummdä immä widdä
zu miä zurigg

rock'n'roll

des lehrmädlä in dä schneiderei
vo meinä großtante käthe
in berlin-schöneberg houd mä
di schduhllehnä zeichd
wous vo dä saalschlachd
vom bill-haley-konzerd
im schboddbalasd
neizeähunderdachdäfuchzg
miid hamm gnummä houd:
des woä mei erschde begechnung
midm rock'n'roll

wöddä

fiä allers gibds ä wodd
ä wodd fiä des wosd sichsd
ä wodd fiä des wosd hörsd
ä wodd fiä des wosd fühlsd
ä wodd wou wäih doud
ä wodd wou goud doud
ä wodd fiän dooch
ä wodd fiä di nachd
ä wodd fiä haid
ä wodd fiä morng
ä wodd fiä diich
& ä wodd fiä miich
fiä allers gibds ä wodd:
souch dä aans aus

ach herz

iich reim di ned
aff schmerz
iich väschenk di ned
iich schüdd di ned aus
iich välier di ned
iich drooch di
ned aff dä zungä
iich drooch di
affm rechdn fleck:
du schlächsd links

wos

wos is denn des wos isn edz
es is doch wos wos is des blouß
des derf doch ned wos soll denn des
wos kummdn dou dou kummd doch wos
weä hädd denn blouß an suwos denkd
des kummd mä edz fei ungeleeng
aff suwos woäri goä ned gfassd
wos machi edz wos doui blouß
wäi schdäihi denn edz dou?

liebe

du gäihsd miä im kubf rum
iich gäih diä im kubf rum
du hasd miä mein kubf vädräihd
iich hou diä dein kubf vädräihd
iich bring di nimmä aus meim kubf
du bringsd mi nimmä aus deim kubf
edz schdennä mä dou mid unsre kebf
däi gehm und gehm ka rouh

gegenrede

dauänd kummsd mid wos däheä
es vägäihd ka dooch und du wassd
scho widdä wos und du sachsd
egool wos sachsd immä es falsche
und wennsd dann sachsd
du hasd des wosd gsachd hasd
ned su gmaand dann frouchi mi
warumsd des wos gsachd hasd
ibähabds zu miä gsachd hasd
wousd doch wassd
dass des wosd gsachd hasd
genau des falschesde woä
wosd zu miä soong hasd könnä

elegie

es gibd dooch
däi senn su hell
dou sixd
wouhiisd aa gäihsd
dein eichnä schaddn
und dann gibds dooch
däi senn su grau
dou sixdn ned
dou lässdä di
im schdich:
dou bisd allaa

horoskop

dä weech is weid
es zill is nah
di schdern schdennä goud
di fäiß mäin
affm buudn bleim
inn kubf waschn
kann nix schoodn
weä immä dä nosn
nouch weidägäihd
koo nix falsch machn
weä hiifälld
mou widdä aufschdäih
allers renkd si ei
di dooch senn lang gnouch

krise

di engl loun si nimmä blickn
däi hamm si allzamm
ins hindersde eck
vom himml väzoong
und waddn aff bessre zeidn
mach wos dägeeng

dreggi

deä dreeg is iberoll
deä väschwind ned
deä lässd si ned vädreim
den kammä ned wechmachn
deä kummd immä widdä
deä werd immä meä
deä breid si aus
deä kennd kanne grenzn
geechä den kummsd ned oo
geechä den bisd machdlos
deä is schdärkä
deä kennd ka bardong
den bringsd ned aus deim kubf
deä is in diä drin
mid dem moußd lehm

vision

wos mä hindä uns hamm
hammä scho nimmä vuä uns
wos mä vuä uns hamm
hammä aa ämall hindä uns
wos vuä uns is
wiss mä ned
wos mä hindä uns hamm
is nimmä woä
wos mä hamm
des hammä
wos ämall nouch uns is
kann uns worschd saa
des hamm däi
wou nouch uns kummä
nu vuä sich

glaumsardiggl

iich glaab an VW
den allmächdichn schöbfä
des volkswagens
und iich glaab an MERCEDES
deä immä widdä aufäschdäihd
vo di doudn
und iich glaab an BMW
an di gemeinschafd
der heilichn audokonzerne
und iä ewiches lehm
amen!

abrechnung

mid eich redi doch ned
meinerdweeng könndä hiigäih
wou dä bfeffä wächsd
iich hou wos bessers zum dou

mid eich redi doch ned
des bringd mä doch nix
fiä miich seid iä allers andre
wäi dä nabl dä weld

mid eich redi doch ned
iä maand wuhl iich bin aff dä
wassäsubbm däheägschummä
dassä eich ned daischd

mid eich redi doch ned:
wos machi blouß ohne eich?

di weld

frei nach hoffmann von hofmannswaldau

wos is di weld und iä ganze lumberei?
ä wiesn wou laudä disdln bläihä
ä haffm dreeck deä wou nix is
ä groob dou wou dä groobschdaa fehld
nix wäi ä oodlgroum
däi wou zum himml schdinkd
nix wäi ä schlachdhaus
mid laudä doude viechä drin
ä schdaa den wou annä
vägessn houd und edz lichdä dou
und kannä hebdn auf
des is di weld
wou bleibd di lumberei?

DREI LOCKDOWN-GEDICHTE

schlussapplaus

nach der theaterschließung

es deoodä is leer
di bühne dunkl
ä nachdfaldä zabbld
innerm schbinnänedz
kummd nimmä raus
wou bleibdn dä hamlet?
sein oddä nichtsein
wos isn des fiärä frouch?
dä ledzde vuähang is gfalln
dä nachdfaldä zabbld nu
kannä wadd aff godot
deä is scho lang
in quarantäne

loggdaunkrouhä

wos machn di krouhä
di krouhä im loggdaun?
hoggn däi immä nu alle
aff iäm baam rum?
haldn däi werkli
di abschdandsregln ei?
droong däi bamm fläing
mund-und-nosn-schudz?
derfn däi di maskn abnehmä
wenns affm buudn landn
und wos zum fressn soung?
wos machn di krouhä
di krouhä im loggdaun?
derfn si däi ibähabds nu
in dä nähe
vo menschn aufhaldn?

litanei im märz 2021

widdä ä joä rum
und widdä semmä
dodd wou mä scho
mall woän

widdä ä joä rum
di viren schwebm
immä nu
durch di lufd

widdä ä joä rum
iich zäich ä maskn
ibä mein mund
und mei nosn

widdä ä joä rum
iich mach
enn groußn buung
um alle laid

widdä ä joä rum:
wou gäihd des nu hii?
wenn houd des ä end?

kleine hymne aufs L

In Nürnberg wird das L »prälabial«,
d. h. unter Herausstreckung der Zunge
außerhalb des Mundes gebildet.

des »l« is meä
wäiä buchschdoob
des is unsä »label«
dou dämid mäimä lehm
des bringämä nimmä wech
wemmä uns aa
nu su ooschdrengä
des ghäierd däzou
des woä su
des is su
des »l«
is immä dou
des is scho
immä dou gween:
des »l« senn miä
miä senn »l«
und di zungä freidsi!

ouernhällärä

lautgedicht mit triphthong

ouernhällärä
dou schausd
dassd weidäkummsd
ouernhällärä
dou machsdä vuä laudä
angsd in dei husn
ouernhällärä
dou läffds dä eiskald
in buckl nundä
ouernhällärä
dou gräichsd des
grouße grausn
ouernhällärä
dou backd di annä
an deim groong:
ouernhällärä
ouerlouh!

goudä freind

goudä freind und kubfäschdechä
worschdbabiä & scheißhausleckä
kniedläskubf & bfennifuchsä
gschafdlhubä & geldooluchsä
belferä & maulaufreißä
brodzlsubbm & husnscheißä
schbrichbeidl & werdshaushockä
rumzuuch & maadläsgoggerä
diddläsbadschä & schweinebroodn
nachdgiichä & oärschgranoodn
dreeckbär & schlaggälä
maulaff & gäggälä
bulfärä & barfedzlaafä
bubblfressä & dreeckväkaafä
beddbrunzä & schmiädiegl
doochdäib & lausniegl
ruudzleffl & schlaaferä
schleimscheißä & gaaferä
so edz langds mä aa
mach di aff di baa

selfie

schmolz in di ohrn
ä bebbm aff dä libbm
ä ruudzgloggn in dä nosn
schubbm im hoä
enn fruusch im hals
biggälä aff di backn
gaafä im maul
schaumi ned oo:
iich schiegl

debbäd

dou houds scho
widdä gschäbbäd
weä houd dou
wos zädebbäd?

su schäbbäds blouß
wenn annä
wos zädebbäd

weä is denn blouß
su debbäd?

nachtmusik

mei kubf is ä mussigg-box
däi schbilld mä jede nachd
wenni wach bin wos vuä
jede nachd wos anders

iich bin scho gschbannd
aff den song haid nachd
mei kubf is ä mussigg-box
and the wind cries mary

o yeah

beatles forever

wennsd mi mochsd
und iich diich – o yeah
wemmä uns meeng
ouh dann – o yeah
ja ouh dann
bringd uns nix – o yeah!
ja goä nix meä
nix meä assänandä – o yeah
und iich hoff
hoff ganz schdark – o yeah!
du denksd
aa su – o yeah
genau äsu
wäi iich – o yeah
ja und wos aa
wos aa kummd – o yeah
du häldsd zu miä
wäi iich zu diä – o yeah
o yeah o yeah
yeah

frouh

ein popsong

iich bin iich und du bisd du
und iich bin dou und du bisd dou
und iich bin frouh und iich bin dou
und du bisd frouh und du bisd dou

houi ka freid ned
meeng mi di laid ned
meeng di di laid ned
hasd ka freid ned

iich bin iich und iich bin frouh
und du bisd du und du bisd frouh
und iich bin frouh und du bisd dou
und du bisd frouh und iich bin dou

ä su ä freid iich bin su frouh
ä su ä freid du bisd su frouh
iich bin su frouh ä su ä freid
du bisd su frouh ä su ä freid

houi ka freid ned
meeng mi di laid ned
meeng di di laid ned
hasd ka freid ned

freiä sollsdi
houi gsachd

auf und dävoo

annerm gräinä dooch
zäing gräine wolkn
gräi ibä gräine berch

annerm roudn dooch
scheind ä roudä sunnä
roud vom roudn himml

annerm gelbn dooch
bläihd aff gelbe äckä
gelb dä gelbe rabs

annerm blauä dooch
fährd mei blaus foärood
auf blaue weech mid miä

auf und dävoo

sylt

di welln flüsdern im sand
iich horch und horch
iich horch innern zou
obbä väschdäih doui nix

di welln flüsdern
flüsdern im sand
flüsdern und flüsdern
und hörn nimmä auf

folksong

dou hindä däi gräinä hügl
aff däi deä roude zuuch zoufährd
dou hindä däi gräinä hügl
und vuä däi blauä berch
aff däi däi gelbe sunnä scheind
dou hindä däi gräinä hügl
und vuä däi blauä berch
woäri ämall dähamm

däi gräinä hügl und däi blauä berch
werri nie und nimmä lous
egool wouhii i gäih und woui bin
däi gräinä hügl und däi blauä berch
bleim fiä immä in meim kubf

november-blues

ein sonett

di ledzdn bläddä falln edz roo
di bamm reggn naggedde äsd inn himml
di wolkn schberrn die sunnä wech
di vögl schdumm meeng nimmä singä

di dooch schlebbm si langsam dähii
di nachd schdäihd schwazz und wadd
di käld frissd si durch di laid iä kebf
di angsd gäihd um vo diä zu diä

di ganze weld is blouß nu grau
dä schaddn houd uns in dä händ
di gräbä loun uns ned in rouh
di schrifd sichd kannä an dä wänd

novembä novembä deä nebld uns ei
novembä novembä deä gäihd ned vobei

horror vacui

ein rückblick

middn im wald woä ä weihä
dou binni mid meim foärood
immä widdä hiigradld
und hou affs wassä gschaud

iberm wassä senn di libelln
wäi winziche hubschraubä
in dä lufd gschdandn
und di fresch hamm quakd

ka aanzichä karbfm
houd si blickn loun
aff amall hamm di bamm
hindä miä su arch grauschd

dass mä ganz anders worrn is
dou binni glei widdä
aff mei foärood gschdieng
und hammgfoän

wolkn

wos willsdn mid dei wolkn?
du sichsd blouß nu wolkn
di ganz zeid nix wäi wolkn
du sichsd vuä laudä wolkn
scho inn himml nimmä

wos willsdn mid dei wolkn?
dou hasd ja nix in dä händ
dou is doch schood um di zeid
däi zäing weidä
und du bleibsd dou

schweing

sei goschn ned haldn könnä
zu allerm sein senfd däzougehm
um ka wodd väleeng saa

in allers eimischn
mid seinä meinung
ned hinderm berch haldn

kann zu wodd kummä loun
immä es ledzde wodd hoom
und wenn allers ned hilfd:

schweing

rondo

nix bleibd wäis is. su viel is gwiiß.
gäih weidä. dräih di ned um.
bleib ned schdäih. gäih weidä.

lou allers hindä diä. schau ned zrück.
fang numall oo. ganz nei oo.
wos vobei is vobei. schau nach vorn.

dou is wos lous. dou gäihds ab.
dou gäihds rund. dou moußd hii.
su viel is gwiiß: nix bleibd wäis is.

draim

ich waaß ned wossi dou
ich draim mid offne aung
ich laaf vo miä dävoo
mei kubf deä gibd ka rouh

es koo doch ned su bleim
wou gäihdn des nu hii?
iich wadd aff bessre zeidn
kummä däi denn nie?

iich hör ned auf zu draimä
wos solli sunsd aa dou
des loui mä ned nehmä
iich geb und geb ka rouh

vivaldi-blues

im friehling werd dä himml
immä nu blau
im summä machd di sunnä
immä nu allers gelb
im herbsd werrn di bläddä
immä nu roud
im windä werd di weld
nimmä su weiß
wäi immä

stardust

wos fiärä nachd!
sei leis
di schdern singä

LIEBE I-XV

I

wenni zu diä gäih
draiumi ned ämall
an dei diä klobfm
iich wadd
bisders vo selbä
aufmachsd

II

wennsd kummsd
is fräihjoä
wennsd dou bisd
is summä
wennsd gäihsd
is herbsd
wennsd fodd bisd
fälld dä schnäi
vo dä deckn roo

III

iich wolld dein
glann fingä

und du gibsd mä
glei di ganz hend

edz haßds
iich bin undankboä

IV

haid nachd im dramm
houi dei gsichd gsäing:
edz kooi di
goä nimmä ooschauä

V

geechern hungä
hilfd ä schdücklä broud

geechern dorschd
hilfd ä schlücklä wassä

geechern reeng
hilfd ä scherm

geecher di käld
hilfd ä mandl

obbä geecher diich
hilfd nix!

VI

du frouchsd mi
wosd dou sollsd

iich frouch di
woss iich dou soll

edz simmä quidd

weil soong koo
kannä nix

VII

du bisd su schäi
nebä diä kummi mä
su garschdi vuä
wäi deä fruusch
ausm märchn

hobb gimmä
aa enn kuß:
vielleichd glabbds ja

VIII

du sachsd
iich soll inn fehlä
bei miä soung
wos is
wennin ned find
hilfsd mä dann soung?

IX

ä lila delefonzelln
middn afferä gräinä wiesn:
wennsd edz ned derbei wärsd
ruferdi di oo

X

wennsd diä scho
enn löffl hullsd
könnersd miä
aa ann miidbringä

XI

wenni hammgäih
und du bisd ned dähamm
moui erschd waddn
bis du hammkummsd
nou binni aa dähamm

XII

aff mei frouch
wäi lang sersi haldn
sachd di blummäfrau:
»in di rosn
schdeckd mä ned drin.«

XIII

du kannsd di nu
su goud väschdeggn
iich find di

XIV

lou
ä
mall
inn
roll
loo
roo
nou
lou
i
di

XV

nachädlä
naa
edzädlä
joo
soodälä
hm
ouälou
ouälaa
uiälaa
uiui
öö

HAIKUS

horch ä amsl
und du hocksd dou
und frissd

hobb schneggälä
nauf affs walbälä
schiggdi schiggdi

ä doudä igl lichd
ibäfoän aff dä schdrass:
wos helfn scho schdachl

schbinnäwebm:
suä aufwand
wechä ä boä muggn

wenni in dä sunnä les
wirfd mei kubf
enn schaddn affs bouch

herrschafd, woä des widdä ä dooch!
dou moumä erschd ämall
ä nachd dribä schloufm!

wemmä si rundäbuckd
sichdmä sugoä inn himml
innerä wassäbfidschn

es hilfd nix
wennsd ibä dein eingnä schaddn schbringsd:
deä schbringd aa miid

wenn dä wind gäihd
danzn di schaddn vo di bamm
aff di groobschdaa

gleich nachm schnäirammä ä gedichd:
edz is es babiä
wenigsdens nimmä su weiß!

mei uhr is schdäihbliem
wäi wenns di zeid oohaldn wolläd
edz zäichis nimmä auf

hald, lehm, wadd ä weng
immä moußd du weidägäih:
iich kumm langsam nimmä miid

schnäi die ganze nachd:
undä di ladern werrn
di schnäifloggn zu schdernla

horch däi dabbä däi dabbä an dä diä
dou kummd annä gleich schelldä
gäih joo ned hii kumm läibä heä zu miä

di cowboy woän immä di andän
iich iä indioonä
und haid lebi im reservad

hobb schaddn naus
haid bleimä ned dähamm
di sunnä scheind

dä friihling issä bräif
deä kummd middä bosd:
wemmän aufmachd wäihd ä lifdlä

suviel xichdä in annä minuddn
wenni am samsdooch durch di schdadd laaf:
edz waaßi nimmä wossi kaafm wolld

am sunndoochfräih wenn nu ka audo fährd
vuä dä roudn ambl schdäih und waddn:
des senn miä!

schau nauf däi wambäddn wolgn
anne wambäddä wäi di andä
däi freggä gehm kann rouh bis reengd

manche laid senn su gscheid
dass fiä allers andre
viel zu bläid senn

dirolähoud, roude schdrümbf, knäibundhusn:
ä richdichä aldä nämberchä
issä berchschdeichä ohne berch

waddn bis di gedankn
in meim kubf zu wolkn werrn:
zouschauä wäis vobeizäing

mei vugl is dävoogfluung
dä käfich woänerm zglaa in meim kubf
edz mäimä selbä fliichl wachsn

deä vollmond ibä
nämberch is aa blouß
ä lebkoung

wenn di bengerds
könnäd wäis wolläd
fläißäds vobei

«häng di wäsch auf" schdäihd
aff deim zeddälä und «dausend bussis"
edz hängi des zeddälä auf

wenn di dei schouh driggd
moußd dreimall in inn neischbodzn:
des hilfd aa nix!

nix wäi brainstorming!
solln säsi doch iä kebf zäbrechn:
dou is ned viel hii!

bei manche laid
fängd es oärschluuch
scho in dä waffl oo!

des bisslä wosmä si nu zu soong hamm
hehmä uns auf fiä schbädä
wenns ned scho zschbäd is

aa krouhä nach dä andern land im schnäi:
däi könnäs ned däwaddn
bissä schwazz werd

iich dred aff jede zougfruäne
wassäbfidschn obs häld:
amall im lehm ibäs »wasser wandeln«

däi nerschn wöddä in däi
schbrechblousn vo däi hefdlä
wenns däi ned gebäd: jaul

wenni bamm rasiän es xichd väzäich
siichi hindä meim xichd
manchmall des vo meim vaddä

hai kusz voll geil dei haikus
cool und voll korz
voll dä assi, aldä!

suball wou graffd worrn is
binni schnell abghaud
weil iich woä immä im schwidzkasdn

ä naggdschneggn grabbld nachm reeng
ibän nassn asfald: ä ganz ä glannä
diefsdgeschwindichkeidszuuch

wenni midm rood foä
kummä mä di bamm endgeeng
obbä wenni ooschdeich bleims schdäih

di sunnä is scho längsd undägangä
obbä in di wassäbfidschn
laichd immä nu es ohmdroud

diä schdennä alle diän offm
worschd in wos fiä anne dassd neigäihsd
du däwischd immä di falsche!

so edz gäihi middä fernbedienung
aff di schdraß und drigg:
obbä di laid senn immä nu dou

ä nasskalde novembänachd
wenn di audo schloufm
fangä di baam zum blaudern oo

es herz koo ruhich links schloong:
ä richdichä daidschä
drächds am rechdn flegg!

ibä emm gelbn bräifkasdn
ä baimlä mid gelbe bläddä:
dä herbsd väschiggd bräifmarkn

es köbflä vo dä mama
baichlä und ärschlä vom babba
und dann aff eichne fäiß schdäih!

jede oddnung mou iä oddnung hoom
weil wenn di oddnung ka oddnung houd
nou is wos ned in oddnung

fräihä houi nie fräihä gsachd
häichsdens morng
ab haid soochi blouß nu haid

in dä warmä boodwannä hoggn
»here comes the sun« vo di beatles horng
und enn schdernlässchbeiä oozindn

drei zeiln ibern schnäi? aff di erschd fälldä
aff dä zweidn bleibdä lieng
aff dä driddn schmilzdä

miä könnä si nu su lang
in di aung schauä:
iich siich miich und du diich

jedä fouß mid demi
in dä fräih aufschdäih
könnäd dä väkehrde saa

endli ämall annä deä wou
ned midm händi am ohr rumläffd!
zoowäih?

immä widdä desselbe soong
mid immä wengä wöddä
und affs zledzd goä nix meä

des wodd wos allers sachd
wemmä des finnädn:
wos gebäds dann nu zum soong?

iich hou mein humoä väluän
weä hilfd mä soung?
weid kannä ned saa

deä weech is es ziel
du redsd di leichd:
iich find inn weech ned

wos miä allers miidgmachd hamm!
houi mä ä lehm lang vo däi miidoohörn mäin
wou miidgmachd hamm

nach samuel beckett:
fail again, fail better!

scheidern immä und
immä widdä gscheid scheidern:
durch scheidern gscheidä werrn

immä wemmi annä frouchd:
»Was kann ich für Sie tun?«
soochi audomoodisch »nix!«

in jedä nachd vo
jemand anders draimä:
su kummd mä aa undi di laid!

dä ledzde summädooch
issä vägessnä sunnäscherm
innerm välassnä freibood

haikus senn schdreichhölzlä
wemmäs oozind
mäins brennä

di daidschlehrä senn
dä doud vo di dichdä
groom obbä schäine gräbä

knoblauch paprika chicoree
dä einkaufszeddl vo meinä frau
is aa ä haiku

drei schdaa vo drei inseln
und mei schreibdisch
is es meer

e pericoloso sporgersi:
wäi es zuuchfoän nu gfährli woä
woäs schennä

woui aa hiikumm
iberoll wünschns mä enn schöna dooch
däi drauä si wos!

di ganze weld umarmä?
haid ned
morng is aa nu ä dooch

iich hör auf zu lesn:
ä junikäfälä grabbld ibä mei bouch
des willi ned schdörn

däi bläddä im herbsd
abfall fiä di ann
boesie fiä miich

geechern schdrom schwimmä?
freind, dräih um:
sunsd kummsd nie zum meer

keine angsd, schaddn!
iich bring di scho hamm:
miä hamm vollmond

hobb, raus assm bedd
reiß alle fensdä auf:
di amseln singä widdä

ka nachdigall meä dou
däi senn im internet
ein mausklick und si singd

globabiä mid herzelä
des hädds fei ned brauchd:
des gäihd mä am oärsch vobei

mei muddä houd jeeds joä
assm summä ä marmälood
fiän windä gmachd

wenn mä ämall
aff nix meä zähln könnä
mäimä mid allerm rechnä

mei frau is wech
mei händi is hii
wos fiärä albdraum!

wenns nachd werd
fledämeis zähln
su vägäihd dä dooch

zwaa weiße schmeddäling
im gaddn danzn enn pas de deux
und dä summä sachd ade

bläddä bläddä bläddä
bläddä bläddä bläddä:
woän däi alle afferm baam?

dreißg gramm wäichd ä schboodz
des is grood ämall ä esslöffl zuckä
obbä zuckä koo ned fläing!

dä schnäi is widdä wech
obbä ä schnäimoo häld
immä nu di schdellung

warum moußdn suviel redn?
es is ja suwisu worschd
wosd sachsd!

wisäwi vom schdrassncafé
lauern di schboodzn afferm baam:
ferdichmachn zum schdurzfluuch!

wenni ämall nix meä hou:
den mond im fensdä
kann mä kannä nehmä

wenn annä zu miä sachd
auf di blädze ferdich los
bleibi audomoodisch schdäih

ned su ganz richdi im kubf
is manchmall
goä ned su ganz falsch

di wolkn braung ka geld
di wolkn braung kann derminkalendä
di wolkn braung inn himml

hinderm mond lehm?
warum eingli ned
vielleichd is des di rettung

aa seifnblousn nach dä
andern zäbladzd in dä lufd:
und ä jede is schäi

des löwnzohnfallschermlä
wou dä wind des wuhl hiiwäihd?
iich bin gschbannd!

ach blaumeislä: wäi du scho
in allä fräih im gaddn rumschwirrsd!
dou di fei ned dähudzn!

des zweichlä vo dem grood
ä schboodz wechgfloong is
waggld nu ä weil

däi leichdichkeid wäi achhörnlä
vo baam zu baam schbringä
als gäbs ka schwerkraft

enn schnoukn däschloong
deä flegg an dä wänd
des is mei bloud

di kindä senn längsd auszoong
obbä ihre schdoffdiere
senn immä nu dou

weä immä groodaus gäihd
is schnellä am zill:
di bengerdz bfeifd draff

ach gäih schmeddäling
wos willsdn aff dä schdrass?
kumm zu uns in gaddn!

durch scheißliche schdrassn gäih
midm kubf in di wolkn:
wos denn sunsd!

im roodio herrschd gräich
aff dä derrassn land ä rotkehlchen
an wos solli glaum?

SPANISCHE HAIKUS

1

gleich nebä dä audobohn
ä windmühln ohne windmühlnflüchl:
don quijote lebt…

2

di flüss hamm si vuä dä sunnä
in ihre quelln väschdeggd
und draimä vom reeng

3

vuä dä iglesia dribbld
ä weiße daum ibäs bflasdä:
oh, heilichä geisd!

4

balmä vuäm hotel
chopin im roodio
und es meeresrauschn

5

wenn im café nix lous is
schdäihd dä werd in dä diä
und füdderd di schboodzn

6

deä zidroonäschnidz
aff dem blauä himmelsdellä:
des is dä mond

7

im mai is dä middlschdreifn
vo dä autovia knallgelb:
dann bläihd dä ginsdä

8

des schensde wodd
bei derä hidz haßd sombra*:
dou kammers aushaldn

9

wenn di sunnä aufgäihd
fängd es meer
zum brennä oo

* sombra = schatten, daher auch der »sombrero«.

KRETA-HAIKUS

mantra

midm meresrauschn aufwachn
midm meresrauschn eischloufm
midm auf und ab vo di welln atmen

knossos

lange schlangä, laid ibä laid
dou hilfd ka ariadnefoodn
wie kummd mä dou blouß raus!

fodele

dodd wou dä el greco heä is
häkln alde weiblä bunde däschlä
und di lufd schmeckd nach honich

lygaria beach

undä jedm sunnäscherm
lichd annä und glodzd aff sei händi:
thalatta, oh, thalatta!

europa

kalimera houd dä zeus
zu dä europa gsachd:
edz bisd ä kontinent

SYLT-HAIKUS

1

dä wind wäihd wäiä will
dä wind gibd ka rouh
bis alle fohnä fladdern

2

es meer dä himml
allers aans
nebl

3

dä vollmond
schwimmd gern ä weng
in dä nordsee

4

di wanderdünen wandern
jedn dooch ä schdügglä weidä
däi wandern obbä wouhii?

5

heä mid deim händi!
ä möwn mou draff affs bild
dä beweis dass mä dou woän

SIZILIEN-HAIKU

däi muggn im fliichä
vo nämberch nach catania:
wäi find däi widdä zrück?

BRECHT-HAIKU

affm brecht seim groob
affm dorotheenstädter friedhof
bläihä di goddesaung

LEIPZIG-HAIKU

drei dooch mephisto gsouchd
nirchends gfunnä
ned ämall in auerbachs kellä

BAMBERCH-HAIKU

dä bamberchä reidä
kannä waaß weä des is
deä reid und reid und schweichd

NÄMBERCH-HAIKUS

1

um zwölfä affn haubdmark gäih
und di laid ooschauä
wou es männleinlaufn ooschauä

2

ob dei wünsch aa in erfüllung gängä
wennsd am goldnä ringlä dräihsd:
dem schönä brunnä is des worschd

3

dä ochs aff dä fleischbriggn
wos denkd si deä blouß?
wemmä des wissädn!

4

wos is denn scho
aa blaue nachd im joä
geechä alle andern nächd?

5

ann dooch vuäm chrisdkindlersmarkd
di erschde roude zibflmidzn gsäing:
wenn siichinn endli di ledzd?

6

wenn dä dürer gwissd hädd
wos mid sei bedndn händ bassiäd
hädders erschd goä ned gmoold

7

schood um des wassä
des di bengerds nundäfläißd:
des kummd nie meä zurück

8

di krouhä hamms goud
däi hoggn affm sinwelldurm
und schauä aff uns roo

9

dausend nämberchä
väschwindn jedes joä: keine angsd
fasd alle kummä widdä

10

di weld is ä wegglä:
ohne broudwerschd
ned auszuhaldn!

NACHWORT VON HELMUT HABERKAMM

Als im Herbst 1992 im ars vivendi verlag mein erstes Buch herauskam, nämlich *Frankn lichd nedd am Meer*, da verfasste Fitzgerald Kusz ein noch heute gültiges und lesenswertes Nachwort dafür. Damit hatte ich als Dialekt-Debütant aus dem Aischgrund eine Art Beglaubigungsschreiben durch den in ganz Franken bekannten Dialektdichter erhalten. Ich war sehr dankbar dafür und empfand es als einen Ritterschlag: »Gut gmacht! Weiter so! Mein' Segen hast.«

Diese Geste der Ermutigung hat mich durch alle meine Jahre als Mundartautor begleitet, gerade weil Fitzgerald Kusz und ich so unterschiedliche Dialektlyrik verfassen. Während er in seinem durchwegs kleingeschriebenen (land) nürnberger Idiom dem Spruch Jean Pauls folgt, wonach Sprachkürze Denkweite ergibt, vor allem in seinen für ihn so typischen Dreizeilern (Haikus), folge ich in meiner Aischgründer Mundartdichtung eher dem Erzählerischen, dem breiten Ausgreifen in Geschichten und Zeiten. Allerdings stimmt dies auch wieder nicht ganz, denn erstens entwirft Fitzgerald Kusz in vielen Gedichten auch eine Gesprächssituation, eine dramatische Miniszene, eine dialogische Ausgangslage, die dann mittels der Alltagssprache Gedanken und Gefühle zum Vorschein bringt und oft sogar entlarvt. Zweitens gibt es auch lange Gedichte von ihm, wie etwa die berührende Erinnerung an seine Oma (S. 104), an seine Kindheit (S. 162) oder der atmosphärisch dichte »Gostenhof-Blues« (S. 79).

Immer wieder aufs Neue staune ich über die auffälligen Überschneidungen in unseren Biographien. Beide wurden wir geprägt von der dörflichen Lebenswelt der bäuerlichen Kultur am Land. Von daher rührt unsere Verankerung in der Mundart, der gesprochenen Sprache unserer Herkunftsregion. Für uns beide wurden das Gymnasium und die Universität zu Erfahrungsräumen, die unser Bewusstsein erweiterten und unsere berufliche Ausrichtung bestimmten: Als Studierte beschäftigten wir uns mit Sprache und Literatur, um Deutsch und Englisch zu unterrichten und zu vermitteln. Die englische Sprache und anglo-amerikanische Kultur wurden lebensentscheidend für uns: Das Fremde schärft den Blick und das Bewusstsein für das Eigene.

Als Student schrieb Fitzgerald Kusz literarische Texte im Standarddeutschen, stark geprägt von Agitp(r)op und antiautoritären Sprachexperimenten. Schon 1967 las er im Erlanger Redoutensaal und kam beim Publikum besser an als der Mitstreiter Peter Handke. Dann folgte ein Auslandsjahr in England. Es war die Zeit der Swinging Sixties und die Musik der Beatles und Rolling Stones läutete eine völlig neue Ära der Freiheit und Selbstbestimmung ein. Fitzgerald Kusz erlebte Jimi Hendrix und die Who live auf der Bühne in Coventry. Den Summer of Love und das Midsummer High Weekend-Konzert im Londoner Hyde Park mit Pink Floyd, Jethro Tull und Tyrannosaurus Rex. Die Rockmusik und der Blues blieben für Fitzgerald Kusz zeitlebens Wegbegleiter und Taktgeber. Der Beat und Groove dieses Sounds führen ja geradewegs zum Dialekt mit seinem treibenden Rhythmus, seinem Drive, seiner emotionalen Direktheit, seinen klangpoetischen Verschleifungen und Verschmelzungen. Dazu kamen bei ihm weitere Einflüsse: die leidenschaftliche, gesellschaftskritische Vortragslyrik der Beat Poets, die erfrischend neuartige Darstellungsweise der Pop Art, die bewusst reduzierte Alltagsdichtung eines William Carlos Williams – aus all diesen Zutaten entstand eine unverkennbare fränkische Kreation à la Kusz. Dass der Spitzname Fitzgerald (abgeleitet von seiner damaligen Ähnlichkeit mit JFK) zum eigentlichen Vornamen des jungen Rüdiger Kusz wurde, ist von daher nur folgerichtig und stimmig. Das Fremde wird zum Eigenen – und so entsteht aus Altvertrautem etwas Neues. Nach 1970 schreibt er dann vorwiegend im Dialekt, mit dem Ohr stets nah dran am Sprachgebrauch der Einheimischen.

Fitzgerald Kusz ist ein Nürnberger, die Stadt ist sein A und O, er verkörpert sie mit Leib und Seele und verewigt sie in seinem Werk. Hier kam er 1944 zur Welt: ein Kriegskind zur Zeit der Bombenangriffe. Aufgewachsen ist er im Dorf Forth, Ortsteil Büg, heute Eckental, halbwegs zwischen Nürnberg und Erlangen. Sein Vater war Berliner, ein Opernsänger, ein Künstler aus der Welt des Theaters, die Vorfahren Musiker aus Ungarn, während die Mutter dem Milieu der Handwerker und Kleinbauern entstammte. Landnürnbergerische Mundart und Berliner Schnauze, bäuerlich-fränkische »Bronx« im Dorf und preußische, kunstsinnige Großstadt in den Sommerferien: zwei Welten – eine spannende Mischung. Kunst und Leben! Die Distanz ermöglicht neue Nähe.

Fitzgerald Kusz ist ein Autor, der nie das Fränkische patriotisch gefeiert oder verklärt hat. Ihm geht es in erster Linie um die Sprache, den Dialekt, seinen Wortschatz und seine Lautpoesie: »Die Mundart ist das längst fällige Haar in der Suppe der Literatur«, schrieb er 1985 einmal. »Ohne sie wäre unsere Sprache, die sich immer von der Mundart her erneuert hat, um vieles ärmer.« In seinem Gedicht »dialeckdigg« bringt er es treffend auf folgenden Nenner: *ohne meinä muddä iä schbrouch / kammi meim vaddä sei land / kreizweis* (S. 112).

Für immer wird Fitzgerald Kusz' Name mit dem Titel seines größten Theatererfolges verbunden bleiben: »Schweig

Bub!«. Damit hat er Theatergeschichte geschrieben und den Weg bereitet für so viele Nachfolger, mich eingeschlossen. Dieses Volksstück zeigt Franken, wie es leibt und lebt: ein liebenswürdiger bis erschreckender, aber stets amüsanter Mikrokosmos, der für die typische kleinbürgerliche, vielleicht sogar universale Provinzgesinnung steht. Familienmief und Sprachfloskeln zum Brüllen und Davonlaufen. An dem Stück merkt man auch, dass Fitzgerald Kusz mehr mit Bertolt Brecht oder den progressiven Dichtern der Wiener Gruppe um H. C. Artmann am Hut hat als mit Herbert Hisel oder den Peterlesboum. Seine Volksnähe bleibt stets kritisch, distanziert, entlarvend; die Sprache benutzt er voller Spielfreude und subversiver Verschmitzheit wie die anarchischen Dada-Künstler vor gut hundert Jahren.

Fitzgerald Kusz gehört zur Generation der Achtundsechziger, die für eine umwälzende Befreiung, Widerständigkeit und geistige Öffnung steht. Diesen Widerspruchsgeist hat Fitzgerald Kusz der fränkischen Dialektliteratur unverlierbar ins Stammbuch geschrieben, wofür wir sehr dankbar sein können, denn genau dies begründet das hohe Niveau und große Ansehen der fränkischen Dialektliteratur: *manche laid senn su gscheid / dass fiä allers andre / viel zu bläid senn* (S. 229).

Nach der Mundartwelle der 1970er und 80er Jahre scheint das Fränkische heute so beliebt zu sein wie nie zuvor. Die Veitshöchheimer Fastnacht ist ein Quotenrenner und frank und frei daherfränkelnde Bühnenkomiker feiern fröhliche Urständ. In Schullehrplänen und in der Wissenschaft wird immer wieder auf den unschätzbaren Wert der Mundart hingewiesen. Im Gegensatz dazu ist der Dialekt im Lebensalltag und in den Familien eindeutig auf dem Rückzug. Junge Leute unter 30 reden heutzutage bestenfalls eine regional gefärbte Umgangssprache, aber eher selten eine authentische fränkische Ortsmundart. Viele althergebrachte Dialektwörter sagen ihnen nichts mehr und von der Aussprache her neigen sie unüberhörbar zur Schriftsprache. Wer aber bis 20 keine Mundart erwirbt und spricht, wird sie nie mehr authentisch beherrschen und weitergeben können. Zugespitzt kann man sagen, dass man heute den Dialekt schätzt und pflegt, wo er zunehmend im Verschwinden begriffen oder schlechterdings gefährdet ist. Fitzgerald Kusz sieht sich insofern auch als »Dinosaurier«, der eine Epoche des Dialekts verkörpert und in seinem Werk nachlesbar macht. In seinen Gedichten sitzen wir in der Straßenbahn und betrachten die kleine fränkische Welt mit ihren merk-würdigen Menschen. Wir schlendern durch die Fußgängerzone und schnappen Events und Erkenntnisse auf: *um jede lidfaßsäuln rumlaafm / und schauä wou wos lous is: / blouß ned hiigäih!*

Das ist es, was diesen fränkischen Dichter für mich so wertvoll macht: Wenn in wenigen Verszeilen quasi im Handumdrehen der Groschen fällt, der in meinem Kopf ein ganzes Theater zum Klingen bringt. Diese lapidare Selbstironie, die so nah an den Alltagsmenschen dran ist und doch Entscheidendes reflektiert und raffiniert auf den Punkt bringt. Da trifft Dada auf antiautoritäre Haltung, und der Blues verschränkt sich mit Konkreter Poesie.

Manche Kusz-Texte brennen sich ins Hirn wie ein Brandzeichen. Bei mir zum Beispiel dieser Fußgängerzonen-Dreizeiler: *es bredd vuäm kubf / gibds edz aa / als schdirnband* (S. 86). Inzwischen kann ich nicht mehr durch die Fußgängerzone laufen und die Leute beobachten, ohne dass mir dieser Satz in den Sinn kommt. *Des Bredd vorm Kopf / gibbds etz aa / als Smaadfoon.* So ansteckend und anregend sind die Gedichte von Fitzgerald Kusz. Mit ihnen geht man als ein ganz Anderer durch die Welt. Sie verwandeln Augenblicke in herzerfrischende Poesie. Nicht auszudenken, wo und was wir wären ohne ihn!

am sunndoochfräih wenn nu ka auto fährd
vuä dä roudn ambl schdäih und waddn:
des senn miä!

Helmut Haberkamm
Sommer 2024

QUELLENANGABEN

Erster Teil – Die Gedichte

Seite 7–22
Morng sixtäs suwisu nimmä, Verlag J.P. Peter, Gebrüder Holstein, Rothenburg ob der Tauber 1973.
Seite 23–38
Kehrichdhaffn, Verlag Klaus G. Renner, Berlin und Erlangen 1975.
Seite 39–54
Liichdi nei und schlouf, Verlag J.P. Peter, Gebrüder Holstein, Rothenburg ob der Tauber, 1976.
Seite 55–63
Ä Daumfedern affm Droddoa, Verlag Klaus G. Renner, Erlangen 1978.
Seite 64–78
Seid mei Uhr nachm Mond gäihd, Gedichte, Klaus G. Renner, München 1984.
Seite 79–90
Irrhain, Gedichte, Klaus G. Renner, München 1987.
Seite 91–101
Bräisälä, Gedichte und Haikus, Hugendubel-Verlag, München 1990.
Seite 102–112
Hobb, Gedichte, ars vivendi, Cadolzburg 1994.
Seite 113–129
Wouhii. Ein Lesebuch, ars vivendi, Cadolzburg 2002.
Seite 130–145
Muggn, gedichte, ars vivendi, Cadolzburg 2007.
Seite 146–161
Zwedschgä. ars vivendi, Cadolzburg 2012.

Seite 162–178
Nämberch-Blues, Gedichte, ars vivendi,Cadolzburg 2017.
Seite 179–202
Sunnablumma, Gedichte, ars vivendi, Cadolzburg 2021.

Seite 203–209
Bisher unveröffentlicht.

Seite 210–226
Eine Zusammenstellung meiner besten Liebesgedichte.

Zweiter Teil – Die Haikus

Seite 227–247
Die Haikus wurden aus folgenden Gedichtbänden zusammengestellt:

Liichdi nei und schlouf
Ä Daumfedern affm Droddoa
Irrhain
Bräisälä
Hobb
Schdernla
Wouhii
Muggn
Zwedschgä
Nämberch-Blues
Sunnäblummä.

Ergänzt wurden sie durch einige unveröffentlichte Haikus.